口入屋用心棒

匂い袋の宵

鈴木英治

双葉文庫

目次

匂い袋の宵　口入屋用心棒

第一章

一

歩みをとめた。

空を見あげる。細筆で書きつけたような三日月が浮かんでいた。その金色《こんじき》は、まるで極楽の扉の隙間から漏れこぼれてきているかのようだ。

かすかに視線を転じた。三角の屋根が、星空を背景に黒々と浮かびあがって見えている。

風が流れてゆく。さらさらと梢が鳴った。すぐそばの神社の木々だ。いかにも秋らしい風情が感じられる。

そのなかで、虫の音はかしましいものがある。音の壁が立ちあがっているかのようで、声の切れ間がまったくない。

小さく息をついて、足を踏みだす。せまい路地に入りこんだ。

家のすべてが見えてきた。

けっこう広いな。

独りごちて、生垣をひらりと飛び越えた。

音を立てずに足を着き、庭に入りこむ。すっと立ちどまり、かがみこんだ。あたりの気配をうかがう。

正面には、がっちりと閉じられた雨戸。その前には濡縁。沓脱ぎの上には、一足の雪駄がのっている。

静かなものだ。刻限は八つをすぎ、夜がおそいこの家のあるじといえども、とうに寝についているようだ。

また風が吹いた。それに押されるように前に進み、濡縁にあがる。

自らの重みを失せさせるすべを持っているわけではないが、濡縁からは木のきしむ音は返ってこない。

雨戸に耳をあて、なかの気配を探る。

なにもきこえない。

いや、そうではない。

さらに耳を澄ませた。獣のうなりのようにきこえてくるのは、男のものらしいいびきだ。

寝ていてくれるのは助かるが、いびきをかいているというのは油断できない。いびきはあれで、眠りが浅いのを意味するのだ。ちょっとした物音にも、すぐ目覚めかねない。

用心の上に用心を重ねんとな。

自らにいいきかせて懐から鏨《たがね》を取りだし、雨戸の下にこじいれる。ぐっと力をこめると、あっけないほど簡単に雨戸がかしいだ。

一枚をはずし、横の一枚に立てかける。

障子があらわれた。それを音もなくひらく。

目の前に広がる座敷に顔を突きだすようにして、近くに人がいないか確かめる。

誰もいるはずがない。それは気配でわかっている。

よかろう。心のうちでうなずく。きこえてくるいびきに変わりはなかった。

草履を脱ぎ、懐にしまい入れた。代わりに取りだしたのは匕首だ。屋内にかすかに漂う光を集めたように刃が鈍く光る。

今夜はこれをつかうことはまずない。つかったときは、しくじりを意味する。
いびきに導かれるように、足を進めた。寝間としているのは一番奥の部屋、と
いうのは事前に調べずみだ。
二回、襖をあけ閉めして、寝間の前にたどりついた。
片膝をつき、襖の向こうの気配をあらためて探る。
ふと、いびきが途絶えた。
む。体に力が入る。
人が立ちあがる音。気づかれたのか。いや、そんなはずはない。
気配が近づいてくる。なにかぶつぶついっている。女の声だ。
どういうことか理解した。女は厠にでも行くのだろう。
匕首を抱くようにして身を引き、部屋の隅に体を寄せる。
襖があき、女が出てきた。
なにかむにゃむにゃいいながら、左側の障子をあけて廊下に出ていった。
襖はあけっ放しだ。そこから顔をのぞかせ、寝間の様子を見た。
眉をひそめた。男と目が合ったような気がしたからだ。
ちがう。男はまたいびきをかきはじめている。薄目をあけて寝ているのだ。

女が戻ってこないうちにやるか。

胸でつぶやいてから立ちあがり、敷居を越える。男の枕元に静かにひざまずいた。

いびきに変わりがないのを確かめ、匕首をしまう。

男は四十二ときいている。彫りの深い端整な顔立ちをしていた。

「おい」

声をかけた。眠っている者をいきなり殺すのは本意ではない。

いびきはとまったが、男は眠り続けている。

おい。もう一度いった。

男の頭が動き、戸惑ったように目がひらいた。うん、なんだ、と寝ぼけたようにいって声の主を捜す仕草をする。

本当に目が合った。それが、くわっと見ひらかれる。

なんだ、てめえは。がばっと身を起こしかけたのを見澄まして襲いかかり、腹に拳を叩きこんだ。十分すぎるほどの手応え。

ぐむっ。男はうめき声を残して、布団にうつぶせになった。それきり動かない。

外に気配。すっと立ち、襖に身を預ける。

「どうかしたの」

目をこすって女が戻ってきた。

「なんだ、寝言なの」

こちらにまったく気がつくことなく、襖をうしろ手で閉めた女がもう一つの布団にもぐりこもうとする。

すっと背後にまわり、か細い首筋に手刀を入れた。女は息がつまったような声をだし、あっけなく布団に倒れこんだ。

よし、はやいところすませちまおう。

腰に結わえた縄を手にし、男の首にしっかりと巻きつける。

鴨居に縄をまわしかけ、ぐいっと力まかせに引っぱった。

男の体があがり、煮られた貝のように口がかぱっとあいた。目も思いきりひらかれている。喉の奥から、押し潰されたような声が漏れる。

かまわず縄を引き続けた。鴨居のそばまで男の顔が持ちあがる。

そこまで達したときには、男はすでに絶命していた。着物を濡らしているのは小便だ。ぽたりぽたりとしずくが落ち、畳にしみをつくりはじめている。

次は女の番だ。こちらは縄はつかわない。

女を仰向けにし、やわらかな体の上に乗った。腕をのばし、細首に指をかける。

力をこめた。年増だが、それでもまだ三十にはいってないだろう。目尻のしわが目立つが、ほんの四、五年前まで男が放っておかなかった器量だったのはまちがいない。

女が腕のなかでもがく感じが伝わってきたが、それ以上なにができるはずもない。なにか叫びたそうにしているようにも思えたが、それも定かではなかった。

呼吸がとまる前に首の骨が折れて、女はあの世に旅立った。

ただの物と化した女の体をていねいに布団のなかに入れ、掛け布団をかける。目を静かに閉じてやると、深い眠りのなかにいるように見えた。

男に目を向ける。ぶらぶらとまだ揺れているのが、蜘蛛の巣にでも引っかかった木の葉のようだ。

これでよかろう。

寝間をあとにし、雨戸のところまで戻ってきた。沓脱ぎで草履を履き、外に出る。盛大な虫の音が降りかかってきた。

雨戸を元通りにする。

どこにも異常がないのを確かめてから生垣のそばまで行き、人影がないか、路地に視線を走らせた。

この刻限に誰もいるはずがなかった。もしいるとしたら、同じようにうしろ暗いことをしてのけた者だろう。


「苦しそうな顔、してるね」

樺山富士太郎《かばやまふじたろう》は、鴨居からぶら下がっている男を見つめた。

「ええ、まったくですね」

中間の珠吉《たまきち》が相づちを打つ。

「仏は芳蔵《よしぞう》、匠 兵衛《しょうべえ》一家の一の子分です」

「やくざ者かい。女のほうは？」

富士太郎は南町奉行所定廻り同心だ。横の布団に目を向けた。

「芳蔵の情人《いろ》です。名はおもん」

「なるほど、女房じゃないんだね」

「ええ、やくざ者は女房は持たない仕きたりになっていますから」

「いつ死ぬかわからないからだね。でもこの女、まだ若いのにかわいそうなことだね」

「旦那のほうがだいぶ若いですよ。女はけっこう歳、いってますぜ」

「そうかい」

「これで三十間近、といったところじゃないですかね」

「ふーん、そうかい。おいらには女のことはよくわからないねえ。女のほうはずいぶんと穏やかな顔に見えるね。——珠吉、心中かな」

「旦那、今は相対死《あいたいじに》ですよ」

「ああ、そうだったね」

心中が頻発するのはその語感のよさにあるのでは、と手を焼いた幕府が呼び方をあらためさせたのだ。

「ええ、まちがいないんじゃないですかね。芳蔵がおもんの首を絞めて殺し、自ら首をつった」

富士太郎はうなずき、視線を転じた。

「——匠兵衛親分は来ているのかい」

「ええ、知らせを受けて、すっ飛んできたようですぜ。一家のほかの者も、全員が来ているようです」

隣の間でさっそく親分に会ってみた。

匠兵衛は脂ぎった顔をした小男だった。やくざ者というより、どこか金貸しのような雰囲気がある。

泣いてはいたが、小さな目のなかで、黄色みを帯びた瞳が小ずるく光っている。そんな感じを富士太郎は受けた。

「相対死の理由に心当たりはあるかい」

富士太郎は匠兵衛にたずねた。

「旦那は、どちらさんで」

匠兵衛が涙をぬぐって顔をあげた。

「見ればわかるだろう。町方役人さ」

「今月は南町の月番でしたね。ずいぶん若いお方ですね」

「そんなことはいいから、問いに答えてもらいたいね」

「いえ、あっしに心当たりはありません。昨日だって、別に変わったところはなかったのに」

「最後にわかれたのはいつだい」

「えっ、あの……」

匠兵衛がいいよどむ。

「賭場《とば》かい」

「はあ」

「賭場では元気にしていたんだね」

「ええ、そうです」

悲しみがこみあげてきたようで、匠兵衛が号泣しはじめた。そこに芳蔵の面影が見えているように悔しげにいった。

「どうして死んじまったんだ。おめえは俺の大事な右腕だっていうのに」

一家のほかの者にも事情をきいたが、誰もが心中するような心当たりはないとのことだ。

「はやくおろしてやってくだせえ」

匠兵衛が叫ぶようにいう。富士太郎はなだめた。

「すまないね、医者が来るまでああしとくしかないんだよ」

やがて検死医師の福斎《ふくさい》がやってきた。まだ子供といっていい小者をともなっている。

「おそくなりました」

富士太郎たちに頭をていねいに下げてから、二つの死骸を見はじめた。

やがて、おもんのそばにいた福斎が立ちあがった。富士太郎と珠吉は歩み寄った。

「いかがです」

「心中です。まちがいないでしょう」

自信満々にいった。

「死んだのはいつだと思われます」

「昨夜の四つから七つまでのあいだくらいではないでしょうか」

「そうですか。……先生、もうおろしてやってもよろしいですか」

「けっこうですよ」

富士太郎が合図すると、奉行所の小者三人が芳蔵をおろし、畳に横たえた。

富士太郎はしばらく芳蔵の顔を見おろしていた。それから鴨居に視線を転じた。

あれ。富士太郎はつぶやいた。

「これはなんだい」

鴨居に近づき、目を凝らす。

「どうしました」

珠吉がきく。

「いや、ここ」

富士太郎は指さした。珠吉が見つめる。そこには縄を擦《こす》った跡があった。

「どういうことですかね」

富士太郎は珠吉の耳に口を寄せ、そっとささやいた。

「芳蔵を力まかせに引きあげたとしか思えないんだけどね」

二

長考の末、湯瀬直之進《ゆせなおのしん》は銀の横に金を動かした。

「ほう、やはりそう来たか」

徳左衛門《とくざえもん》がうれしそうに顎ひげをなでる。

「それしか手がないものな。金は斜めに誘え、という言葉があってな。そんなことは、おぬしもむろん知っているんだろうが」

徳左衛門が駒台から銀を手にし、直之進の金がいたところに打った。

これは直之進もそう来るだろうと読んでいたから、別段驚きはなかったし、それに対する手も用意していた。

直之進はもう一枚の金を一段あげた。新たな銀に対するための手だ。

「用心深いな」

徳左衛門がつぶやき、桂馬を跳ねてきた。

「桂の高飛び、歩の餌食というが、これはそうはいかんぞ」

その通りだった。この一手は考えていなかった。

　というより、桂馬が見えていなかった。直之進としては、しくじりを認めるしかなかった。

「さあ、どうする」

徳左衛門が楽しそうにもみ手をする。

直之進としては攻勢に出るしかなかった。だが、ここで一か八かの手を繰りだすべきなのか。躊躇《ためらい》があって、あらためて盤面全体を眺めた。

やはりほかに手がなかった。直之進は、これまでじっと動かずにいた角を一気に中央に進めた。

「ほう、なるほど」

徳左衛門が再び桂馬を手にし、成りこんできた。

直之進はかまわず角で銀を取った。

ここから勝負は急速に動きはじめ、最初から有利な局面をつくっていた徳左衛門が勝ちを得た。

それでも、一手ちがい、というところまで直之進も追いつめた。

「ふむ、あんたは強いな」

笑みとともに直之進を見つめる。

「さすがに米田屋《よねだ》さんが勧めてくれただけのことはある」

徳左衛門が目を細めて、茶を喫する。

「あんたも飲みなされ」

直之進はうなずき、湯飲みを手にした。すっかり冷めてしまっているが、渇いた喉にはとてもうまかった。

「どれ、新しいのをいれてくるか」

徳左衛門が軽やかに立ち、台所へ向かう。

将棋の相手をするというのが、今の直之進の仕事だ。

雇い主の徳左衛門はどこかの隠居、といった風情の男だ。隠居といっても年寄りというわけではなく、まだ五十をいくつかすぎた程度だろう。短く切りそろえてある顎ひげが、とにかくよく目立つ。瞳は柔和な光を保っていて、口許には穏やかな笑みが常にたたえられている。最近、ここ小日向《こひなた》東古川町に越してきたという。米田屋によれば、もとは侍らしい。名字は知らないとのことだ。

いや、米田屋はきいたらしいのだが、それは勘弁してくれ、と徳左衛門がいったのだそうだ。徳左衛門も直之進同様、わけありの人物なのかもしれない。

もちろん、賃銀はとびきりいいものではない。といっても、将棋を指していて一日一朱ももらえるのだから、破格といってよかった。

江戸にはこんな仕事もあるのだなあ、と直之進は感心するしかなかった。

「待たせたな」

徳左衛門が急須を持って戻ってきた。直之進の湯飲みに茶を入れてくれた。

「ありがとうございます」

直之進は礼をいった。

徳左衛門は席に座り、自分のにも注ぎ入れた。湯飲みを取りあげ、うまそうに飲みほす。

「快勝したあとの一服は、この上ないうまさだの」

「そうでしょうね」

「なんだ、その気のない返事は」

徳左衛門が笑って、湯飲みを茶托に置いた。

「これで二勝二敗か。決着をつけねばなるまいの」

「まだやりますか」

朝から途中、昼飯をはさんだのが唯一の休憩で、かなり疲れている。

「むろんよ。それともおぬしがもう駄目か」

「それがしはあと十戦つき合え、といわれても大丈夫ですよ」

「強がりだの。では、お言葉に甘えてあと三戦ばかりいくか」

「よろしいですよ」

そのくらいならやり抜ける自信はある。かなり頭が消耗するのはわかってはいるが、これだけの指し手と対するのは滅多にあることではなく、実に楽しかった。

それほど徳左衛門の将棋の腕はすばらしいものだった。直之進も駿州《すんしゅう》沼里《ぬまざと》では指し手として家中では知られていたが、さすがに江戸は広く、徳左衛門ほどの腕の持ち主がごろごろしているのだ。

客だから、と手加減しているわけでは決してない。徳左衛門がそれをいやがったのだ。ここに来はじめて五日になるが、力量はほぼ互角といってよかった。

徳左衛門は駒も将棋盤も相当に金がかかっているものをつかっている。

「よし、ではじめようかの」

顎ひげをひとなでしてから、いそいそといった様子で駒を並べはじめる。

直之進はすぐに並び終えた。

「はやいの。気合が入っているな」

「今度は負けませんよ」

「若い者の気概は認めるが、残念ながらそれだけでは勝てんのが勝負というものよ。返り討ちにしてやろう」

今度はこれまで以上の熱戦になった。一局終わるのに、一刻半近くかかった。

勝ちを得たのはまたも徳左衛門だった。

「まいりました」

直之進は感服して頭を下げた。

最初は直之進が優勢だった。ただ、銀を進めるのが一手はやかった。先に歩を進めてから動かすべきだったのに、そのことに気がついたのは、その一手に徳左衛門が乗じてきたときだ。

そのときには、もはやあとの祭りだった。

「いやあ、おぬしのしくじりがなかったら、わしは負けていた」

「あのようにしくじるところが、まだまだなんでしょうね」

「でもおもしろかった。こんなに頭をつかったのは、久しぶりよ」

直之進も同じだった。額のあたりがじんわりとしびれている。ただ、それも心地よいものだった。

「だが今日はここまでにしよう。ありがとう。また明日、頼む」

「こちらこそありがとうございました。勉強になりました」

徳左衛門がじっと見ている。

「おぬし、強いのは将棋だけではなく、剣の腕のほうもだな」

「いや、どうでしょうか」

「謙遜せずともよい。かなりのものであるのは、はじめて会ったときにわかっておる」

徳左衛門が直之進の腕を見抜いたのと同様に、直之進も徳左衛門が相当の遣い手であるのを見抜いている。

もしお互いやり合えば、どちらが勝つだろう。

直之進には勝利の確信がつかめない。

将棋と同じく、相当の接戦になるのは紛れもないことだった。

三

指に感触が残っている。

佐之助《さのすけ》は布団から起きあがった。

今日は、一日中寝ていた。日課としている剣の独り稽古も行わなかった。

それだけで、体がずいぶんなまったような気がする。明日は、今日の分までやろう、と決意した。

それにしても、やはり女を殺すというのはあまりいい気分ではなかった。

二日前の夜のことで、あの眠ったような死顔が脳裏に色濃く残っている。

一杯飲みたい気分だが、買い置きの酒はない。

佐之助は再び布団に横になった。腕枕をして、天井を見つめる。

あらわれたのは一人の娘の顔。この娘は決して歳を取らない。ずっと十八のままだ。

会いたかった。しかし、それは決してかなう願いではない。

濡縁のほうで人の気配がした。佐之助は音もなく起きあがり、枕元に常に置いてある刀を手にした。

「いるかい」

声がきこえてきた。佐之助は刀から手を放し、立ちあがった。

濡縁のところの障子があいている。そこから男が顔をのぞかせていた。

恵太郎《けいたろう》が人なつこい笑みを見せている。

「よお」

佐之助は手をあげた。

「いいかい、入って」

「珍しいな、そんなことをいうなど。いつもは勝手にあがりこむのに」

「たまには礼儀正しさを、見せておかんとな」

大徳利を抱くようにしている。

「こいつを持ってきた」

「いいな、さっそくやろう」

恵太郎がにやりと笑う。

「なんだ、なにを笑っている」

「飲みたかったんだろう。ちがうか」

「よくわかるな」

「仕事の直後ではなく、一日二日あいたとき、酒を欲するのはわかっているんだ」

「それはありがたいな。恵太郎、ここでちょっと待っててくれ」

佐之助は台所に行き、湯飲みを二つとたくあん、豆腐に生姜をのせたものを持ってきた。恵太郎に湯飲みを渡して、座敷に腰をおろす。

恵太郎が酒を注いでくれた。佐之助はすかさず注ぎ返した。

湯飲みを傾ける。

「ふむ、うまいな」

すっきりとしている。甘みはさして感じられず、あとに残るほどのしつこさはまったくない。香りが立ちすぎるということもない。いくらでもすいすいと喉をくぐっていきそうだ。

「こいつは行きつけの酒屋のお勧めだからな。いい酒のはずだ」

「どこの酒だ」

「甲州の産だ。あまり甘くないから、あんたが好きな豆腐にも合うはずだ」

心づかいがうれしかった。軽く頭を下げて、佐之助は湯飲みを口に運んだ。

恵太郎が湯飲みを満たす。

「しかしいいのか、こんなところまで来て」

一口すすってから佐之助はいった。

「追われる身だろうが」

恵太郎が酒で唇を湿らせる。

「追われているといったら、あんたも同じだろう」

「俺は、別に番所に目をつけられているわけではない。恵太郎はちがう」

ほんの二月ほど前のことだ。恵太郎は、五歳の男の子が続けざまにかどわかされるという事件の裏で糸を引いた。

寿元《じゅげん》といういんちき祈禱師の頼みに応えたのだが、そのことで今は町奉行所から追われている。

「おといの仕事だってそうだ。おとなしくしていろ、といったではないか」

「その話はもうすんだだろうが」

恵太郎はきかない。

「俺が仕事を持ってこなかったら、あんた、干あがってしまうだろうに」

「少しは貯えがある。いきなり干あがりなどせん」

恵太郎がぐいと湯飲みを突きだしてきた。佐之助は大徳利を持ち、注ぎ入れた。

「ありがとう」

恵太郎が礼をいって、酒をなめた。

「でも、仕事は続けたほうが信用になる。腕のよさを存分に見せつけてやったほうがいいんだ。そうすれば、これからも途切れることはない」

「わかったよ。勝手にしろ」

佐之助は湯飲みをほし、手酌で注いだ。

「しかし相変わらず鮮やかだよな。番所のほうも、心中として処理したんだろう」

「どうだかな。番所にだって目があいている者はいるさ。なにか不審を覚えているかもしれんぞ」

「どうかな。そんな勘働きのいい者がいるかな」

「油断はできんさ」

　恵太郎の目がわずかにとろんとしている。酒は好きだが、そんなに強いほうではない。

「二日前の仕事、誰の依頼だったか、ききたいかい」

「話していいのか」

「あんたに話す分にはかまわないさ。口を滑らせることは決してないし。――あんたが殺したのは、やくざの一の子分なんだ。女は情人だ」

「そいつは仕事を受ける前にきいたぞ」

「そうだったかな。ふむ、ちょっと酔ったみたいだ」

　恵太郎が頭をかき、湯飲みを畳に置いた。

「依頼してきたのは、やくざの親分さ」

　佐之助は顔をしかめた。

「親分が子分を殺させたというのか」

「一の子分の芳蔵というのは、あまりに下の者の人望が厚かったんだ。一家を奪いかねない、と親分の目には映ったんだろう」

「それで、始末を頼んできたのか」

佐之助自身、人を殺すのになんの意味も感じていないが、それだけの理由であの世に逝く羽目になった一の子分にはさすがに同情する気になった。その巻き添えを食ったあの女にも同じ思いを抱いた。

「心中に見せかけたのは？」

「堂々と殺してしまったら、誰が殺したか、子分たちが騒ぐのでは、と思ったらしい。それに、やっぱり町方が動くし」

「しかしそんな親分が束ねている一家では、いずれ先は見えているな」

「そうだろうな」

恵太郎がうなずく。

「もうその兆しはあるんだ。実際に一家を束ねていた一の子分がいなくなってしまったということで、他の一家がすでに縄張を狙いはじめているらしいよ」

「そうか。長くは保《も》たんだろうな」

「そうだね。せいぜい一年がいいところじゃないかな。要《かなめ》を自ら殺してしまったんだ。自業自得さ」

佐之助は湯飲みを口に持っていこうとして、手をとめた。

「その親分、俺たちが子分たちにしゃべるのでは、と気が気でないのとちがうか」

「かもしれないな。かなり小心そうな親分だったから」

ふと恵太郎が気がかりそうな表情になった。

「まさか、俺たちの口を封じようなんて気にならないだろうか」

「小心の親分にそんな味な真似ができるものか。もし万が一その気になったら、そのときは返り討ちにしてやる」

それから、二人は酒を飲みつつ昔の話になった。

「あんた、姉のことを覚えているかい」

恵太郎がきく。

「忘れるはずがない。さっきも思いだしていたところだ」

恵太郎がしんみりする。

「そうか。それなら姉も喜んでいるだろう」

四

心地よい疲れとともに直之進は長屋に戻った。

「旦那、お帰りなさい」

路地にたむろしている三人の女房が声をかけてきた。

「ああ、ただいま」

「仕事は終わりましたか」

一人がきいてきた。

「ああ、終わった」

「将棋のお相手ですよね」

「そうだ」

「いいですねえ、それでお金がもらえるなんて」

「そんなに気楽なものではないぞ。これでもけっこう気をつかっているんだ」

「いくらもらえるんです」

「そのあたりはいえんな。想像してくれ」

江戸の女房衆の遠慮のない口のきき方にももう慣れた。

「お金持ちのご隠居なんですよね。それだったら一日一朱くらいくれるかしら」

その女房の勘のよさに、直之進はどきりとした。

「ええっ、いくらなんでもそんなにもらえないでしょ。せいぜいその半分くらいなんじゃないの」

「そうよ、いくらお金持ちだからって、一日一朱はだせないわよ。ねえ、湯瀬の旦那」

「どうだろうかな。意外にもっともらっているかもしれんぞ」

驚く女房たちを尻目に直之進は店《たな》に入り、手ぬぐいを一本手にした。路地に出る。

「ねえ、旦那、本当にいくらもらってるんです」

そこにはまだ三人の女房がいて、しつこくきいてきた。

「本当に勘弁してくれ。湯屋に行ってくる」

ほうほうの体《てい》で直之進は路地を逃げだした。

六文を払って湯屋に入る。

湯船にいきなり浸からず、まずは体を洗う。こんなときでも直之進に油断はない。この前、襲ってきた浪人のことが常に頭から離れない。

　襲われたのは、米田屋に代わって得意先まわりをした帰り道だった。枯れ枝のように痩せた浪人だったが、いったい誰に頼まれて俺を殺そうとしたのか。おそらく、江戸で殺し屋として生計を立てている者だろう。

　それでも腕はさほどのものではない。その点で、直之進には余裕がある。

　あの浪人とはくらべものにならないほど深く頭に刻まれているのは、米田屋光《みつ》右衛門《えもん》を狙い、光右衛門の足を傷つけた殺し屋だ。

　あの殺し屋は、ものすごい、という形容がぴったりの腕を誇っている。もしあのとき平川琢ノ介《ひらかわたくのすけ》が駆けつけてくれなかったら、光右衛門の魂はとうにあの世のものとなっていたはずだ。

　そして、あの殺し屋とは、いずれ相まみえる気がしてならない。

　ふつふつと闘志がたぎってくる。

「相変わらずいい体してますねえ」

　背中に声がかかった。はっとして振り向くと、そこに立っていたのは米田屋光右衛門だった。

「うわっ。びっくりした」

光右衛門がのけぞる。

「どうした」

「いえ、湯瀬さま、どうしてそんな怖い顔、されるんです」

直之進は笑った。

「すまんな。ちょっと考えごとをしていた」

「考えを邪魔されると、いつも怖いお顔になるんですか」

「いつもじゃないさ。おぬしの声が、ちょっと頭に響いたということだ」

「手前の声は低くて渋いといわれているんですがねえ」

光右衛門が横に腰をおろした。

「いかがでした、仕事のほうは」

直之進は桶の湯をざぶりとかぶった。

「強いぞ、あの人。いったい何者だ」

「手前もよくは……」

「いつ店に」

「七日ほど前でしたかね。ふらりと暖簾をくぐってきて、仕事の話をしました。徳左衛
とにかく将棋の相手がほしい。強ければ強いほどいい、とのことでした。

門さんが帰られたそのあとお見えになった湯瀬さまに、ですから将棋が強いかおききしたのですよ」

手ぬぐいで体をごしごしこすりながら、光右衛門が続ける。

「昨夜、こちらで徳左衛門さんに会ったのですよ。いい相手を紹介してくれた、とても喜んでましたよ」

「そうか、それはよかった」

「湯瀬さま、徳左衛門さんてお侍ですよね」

「まずな」

「人相風体も悪くないですから、それなりの身分でしょうね」

「そうだな。——それなのにどうしてあのせま苦しい一軒家に住んでいるのか、か」

「ええ、そうです」

「わけがあるのだろうが、こちらからきくわけにもいかん」

直之進は光右衛門と連れ立って湯屋を出た。暖簾を払ったところで、光右衛門が動かなくなった。

「どうした」

「いえ、ちょっと人待ちです」

「誰だ」

光右衛門が細い目をさらに細めてにんまりと笑う。顔のえらが、ぐっと張られたように見える。湯屋の提灯に淡く照らされたその表情は、ときおり沼里の海で地引き網にかかる正体の知れない魚のようだ。

「これか」

直之進は小指を立てた。

「どうでしょうかね」

分厚い唇をゆがめるようにして笑った。

「いるのか、おぬしに」

「なんです、そのおっしゃり方は。いたらおかしいですか」

「おかしくはないが、おぬしになつくおなごというのはどうも考えにくい」

直之進は手ぬぐいを肩にかけた。

「湯瀬さま、私たちに失礼ですわよ」

「そうですよ。私たち、これでもおとっつあんになついているんですから」

暖簾を払ってあらわれたのは、光右衛門の娘のおきく、おれんの二人だ。

双子だが、二人とも提灯の灯を受けて大きな瞳がきらきらしている。肌もつやつやとしていて、いかにも年頃の娘らしい。

直之進はあまりのまぶしさに、視線をまっすぐ向けていられなかった。光右衛門の実の娘とはとても思えない。

「おう、二人とも久しぶりだな」

声がすんなりと出たことで、直之進は気持ちが落ち着いた。姉妹をじっと見る。

「なにか私たちの顔についていますか」

「いや、この米田屋の用心棒だったときは二人の見わけがついたのだが、今はちょっと無理だな。声で、こっちがおきくちゃんというのはわかったが」

直之進が光右衛門の用心棒をつとめていたというのは、光右衛門の強引ともいえる商売のやり方に店が潰れるのでは、と怖れを抱いた口入屋の同業である又七《またしち》という男に狙われたからだ。

又七はさらに殺し屋を雇い、光右衛門を狙わせた。

光右衛門は深手を負ったものの、直之進はかろうじて命は守った。

殺し屋は二度と光右衛門を狙わず、又七はお縄になった。

「またおとっつあんの用心棒になってくだされば、見わけがつくようになりますよ」

「こら、縁起の悪いことをいうんじゃない。本当に湯瀬さまにお頼みするようなことになったら、どうするんだ」

光右衛門がいったが、顔は笑っている。二人の娘がかわいくてならないのだ。

二人からは湯あがりのいい香りがしていて、直之進自身、この手の香りはずっと嗅いでいないこともあり、とても幸せな気分になれた。

光右衛門が提灯を灯し、歩きだす。直之進は肩を並べ、二人の娘がうしろについた。

「ねえ、おとっつあん」

おきくが諭す口調で声をかける。

「明日の寄合、きっと行くのよ」

「行かなきゃ駄目か」

「そりゃそうよ」

「寄合というと？」

直之進はたずねた。

「同業のが明日の晩、いや、晩でもないですね、夕刻にあるんですよ」

光右衛門が答える。

「行きたくないのか」

「そりゃそうですよ」

「どうして」

「それは湯瀬さま」

うしろからおきくがいった。

「強引なやり方のせいで、同業の人たちに煙たがられているからですよ」

「やりすぎということか」

「そうなんです」

「ふーん、あの程度でやりすぎなのか」

「そうでございましょ、湯瀬さま」

光右衛門が唾を飛ばすようにいう。

「手前はやりすぎてなんかいないんですよ。あのくらい、商売をしていれば当然のことなんですから」

「しかし、そうは見ない者ばかりなんだな」

「そうなんです。まったく得意先を取られるのを怖がる者ばかりなんですよ。取られたら取り返せばいいんだ」

「またそんなことといって」

おきくがたしなめる。横でおれんも同じ表情をしている。

「おとっつあん、ちゃんと行かないと駄目よ。この前みたいなことだってあるんだから」

今度はおれんがはっきりといった。

この前のことというのは、新たな得意先を獲得することに力を入れすぎて、又七のうらみを買ったことを指している。

「わかったよ。行けばいいんだろう、行けば。はいはい、行きますよ。行ってきますよ」

ふだんは無口のおれんの言葉はさすがにこたえたようで、光右衛門はしぶしぶうなずいた。

五

失礼いたします。

声をかけ、千勢《ちせ》は襖をあけた。

なじみ客の商人が機嫌のいい声をだす。

「おう、来たか」

「さあさ、並べてくれ」

千勢は、四段に重ねた膳をそれぞれの客の前に置いた。

膳には刺身や煮物、焼き物がいくつものっている。明るい大行灯《あんどん》が灯る座敷には、四人の客がいた。

いずれも身なりはよく、栄養の満ち足りた血色のいい顔をしていた。

「ここ料永《りようえい》の料理はなんでもうまいからな、満足すること請け合いだぞ」

一人のなじみ客が三人のはじめての客に自慢げにいう。

「確かに、そのようだ」

一人が料理をのぞきこむ。

「でも田町《たまち》屋さん、田町屋さんがここをひいきにしているのは、おなご衆が目当てなんじゃないんですか」

別の一人が冷やかすように口にした。その視線は千勢に向けられている。

「特に、こんなきれいな人がいるからでしょう。それに、とてもいいにおいがしますよ」

「馬鹿をいっちゃいかん」

田町屋と呼ばれた男は額の汗をぬぐった。

「こちらのお登勢《とせ》さんはわけありなんだ。そんな目で手前は見ちゃいませんよ」

登勢というのは、千勢がつかっている偽名だ。

「わけありっていいますと？」

一人が、千勢に探るような視線をぶつけてきた。

「こちらです」

千勢はいって、懐から一枚の紙を取りだした。それをていねいにひらき、手渡した。

「人相書ですね。こちらは？」

客の一人がきく。

「お登勢さんの旦那だそうだ」

田町屋が説明する。

むろん、そこに描かれているのは直之進とはまったく別の人物だ。

千勢は直之進の妻だ。いや、妻だった。この人相書の人物を追って、直之進には一言も告げず江戸に出てきたのだ。

「旦那？　なかなかいい男ですね。ちょっと目が鋭いかな。でも、旦那の人相書なんてどうして持っているんです」

「岡島屋《おかじま》さん、相変わらず鈍いですねえ」

一人がからかうようにいった。

「捜しているから、に決まってるじゃないですか」

「えっ？　そうなの？」

「はい、そうです。私、逃げられたんです」

「逃げられたって、こんなきれいな人から逃げる人なんかいないでしょう」

「でも、逃げられたんです」

千勢は笑いながらいった。

「理由は？」

「それがわからないんです。ですから、それをききたいのもあって、捜しているんです。それがわかれば、ほかに知りたいことはありません」

「旦那の名はなんていうんです」

「こちらで名を申しあげても、あまり意味がないと思います」

「どうして」

「どうせ、ちがう名をつかっているはずですから」

「偽名ってこと？　そんな必要なんてあるのかな」

「私から逃げたとしたら、居場所を私に見つけられるのを怖れていると思いますから」

「でも逃げられるなんて、お登勢さんて、怖い人なの？」

「ええ、怖いですよ」

千勢が冗談めかしていうと、四人の客は声を合わせて笑った。

「でもお登勢さん、見つけたらどうするの」

田町屋が、これまで何度もきいてきたことをまたきいてきた。

「わかりません。さっき申しあげたように、どうしていなくなったのか、それをききたいだけですから」

ふと、本当の夫のことが千勢の脳裏をかすめていった。あの人は今、どうしているのだろう。

あの人も、どうして私がいなくなったのか、ききたくてならないにちがいない。

今、どこにいるのだろう。ひょっとして江戸に来ているなんてことはあるのだろうか。

「どうしたの。なにを考えているんです」

田町屋が不審そうにきく。

「いえ、なんでもありません」

千勢はちろりを手にした。

「どうぞ」

「ああ、ありがとう」

ほかの三人にも注《つ》いだ。四人はいっせいに杯を空にした。

「お登勢さんは、どこの人なの。言葉からして江戸の人じゃないみたいだけど」

「それはご勘弁ください」

「なにかいえないわけでもあるんですか」

「そうです」

沼里とは決していえない。

江戸にもし直之進が来ているとして、万が一そのことが伝わったら直之進はここにあらわれるにちがいない。そうなると、自分の宿願の成就はない。

それに、この人相書の男にも沼里から来たというのを知られたくはない。警戒させるだけだろう。

「見覚えはございませんか」

千勢は新たな客の三人にあらためてきいた。

「ああ、そうだったね」

岡島屋と呼ばれた男が人相書に真剣な目を向けた。

「いやあ、ないね。力になれなくて申しわけないけど」

残りの二人も真摯な視線を注いでくれたが、すまなそうに首を振り、人相書を返してきた。

千勢は人相書を懐にしまい入れた。

「それにしてもお登勢さん、相変わらずいいにおいだね」

田町屋が相好を崩していう。

「とてもいい匂い袋だよね」

「そうですか。ありがとうございます」

千勢は笑顔で礼をいった。匂い袋のことをいわれるのは、とてもうれしい。

「こちらなんですけど」

千勢は求められなかったのに、懐から匂い袋を取りだした。

受け取った田町屋が鼻先に持ってゆく。

「とてもいいにおいだね。なんかこう、心が落ち着くというのか」

岡島屋が次に手にした。

「本当だ。すごくいい香りだね。こうして手にしてみると、ほんと、よくわかる。これ、江戸で買ったのかい」

「いえ、故郷です。買ったわけではありませんけれど」

「というと、贈り物ですか」

「ええ、そうです」

「旦那ですか」

千勢はかぶりを振った。

「じゃあ？」

「秘密です」

「お登勢さん、あなたは本当に本当に怖い人だねえ」

岡島屋がしみじみと口にした。

六

おもしろくない。

光右衛門は杯に残った酒を飲みほした。

かといって、座敷の誰かが注いでくれるというわけではない。光右衛門は手をのばし、ちろりをつかんだ。

もともと酌などされたところで、うまいはずがない酒だ。それなら手酌のほうがなんぼかましだ。

光右衛門はくいっとほし、もう一杯飲んだ。

はやいところ帰りたくてならない。やはりこんな寄合など来るべきではなかった、という思いで一杯だ。

まったくつまらん連中ばかりだ。いや、くだらない連中だ。

「米田屋さん、おききになっています？」

「えっ？　なんです」

光右衛門は、声をかけてきた向かいに座る男を見返した。今守屋《いまもり》だ。でっぷりと太っている。ロひげが横にのび、顔がまるで鯰のように見える。声はやや甲高く、耳に障る。

「ですから、これまでの強引なやり方をあらためてくれますか、ときいているんですよ」

「強引なやり方など、手前、したことはありませんよ」

「そんなことはないでしょう」

「そうですよ、勝手に人の縄張に入りこんできて、得意先を持っていってしまうじゃないですか」

「縄張？　縄張なんて誰がいつ決めたんです。少なくとも手前は知りませんな」

「縄張というのはそれぞれの店がある町のことですよ」

今守屋がいいきかせる口調でいった。

「それが縄張ですか。でも、入りこんでいけないなんて、いつ決めたんです」

「決めてはいないですけど、他の町の店に入らないほうがお互いのためになるでしょう」

「それは考えちがいですよ、今守屋さん」

光右衛門は諭すようにいった。

「考えちがい？　どういうことですか」

今守屋がわずかに気色ばむ。

「商売というのは常にのばしていかないと、いずれ先細りが見えているものです。縄張とか考えて、せせこましい商売をしていたら、店は潰れてしまいますよ」

「でしたら、米田屋さんの小日向東古川町に手前どもが乗りこんでいってもかまわない、ということですか」

「どうぞ。望むところです」

そんなことをすれば、光右衛門のこれ以上の跳梁を許しかねないのをさとった今守屋が黙りこんだ。

「皆さんの縄張に入りこんでゆく手前が悪いといわれますけど、考えてみたら、得意先のほうにもそれまでつき合いがある口入屋になにか不満があるからこそ、あっさりと手前に乗りかえるんですよ。なんの不満もないのなら、そんなことは決してしません。いかがです、今守屋さん」

「そうかもしれませんがね、できれば米田屋さん、土足で縄張に踏みこむような真似は慎んでいただきたいですね」

「土足で、ですか。わかりました、今度、他の町をまわるときは、必ずその町の口入屋に顔をだすようにしますよ。一言断ればいいんですね」

光右衛門は皮肉たっぷりに口にした。

「できたら米田屋さん、あまり派手にやって、この前みたいなことが起きないことを願いますよ」

今守屋が皮肉で返してきた。

「この前のことってなんです」

光右衛門はとぼけてたずねた。

「わかるでしょう?」

「いえ、わかりませんな。なんのことです」

今守屋が又七のことを持ちだした。

「このなかに、まさか又七と同じことをやろうとする人がいるとでもいうのですか」

光右衛門は驚きの顔を大袈裟にこしらえた。

「滅相もない。ご覧の通り、穏やかな人ばかりですよ。そんなこと、するはずがないではないですか」

「でしたら、これまでのやり方をあらためる必要はないということになりはしませんか」

今守屋だけでなく、そこにいるほとんどの者がむっとする。

この馬鹿者どもが、と内心でつぶやいてから、光右衛門は口をつぐんだ。

こんな感じで、寄合ははやめに終わった。

寄合には、近辺の口入屋が二十名ほど出ていた。そのなかで、帰路を光右衛門と一緒に行こうとする者は一人しかいなかった。

「でも米田屋さん、たいしたものですね」

菱田屋《ひしだ》という口入屋を営む紺右衛門《こんえもん》という男だった。

「さっきの今守屋さんとのやりとりですか。あんなの、たいしたことないですよ」

「でもあの弁の立つ今守屋さんが、ぐうの音も出なかったですからね」

逆にやりすぎたのでは、という危惧が光右衛門にないわけではない。やはり、又七のことは気になってはいるのだ。

「菱田屋さんも、新規のお客にはけっこう力を入れているんですよね」

「そこそこですね。米田屋さんほどではないですよ」

「ほかの町も、もちろんまわったりしているんでしょ？」

「それをしないと、米田屋さんもおっしゃっていたけど、商売が細ってゆくだけですからねえ」

菱田屋がしみじみいう。

「町内にある得意先がみんな順調で、どこも潰れないっていうんでしたら、限られた得意先だけでもやってゆけるんでしょうけど、そんなことはまずありませんからね。減ってゆく得意先を指をくわえて見ているだけでは、そのうちこちらが潰れる道を歩むしかなくなるわけですから」

「その通りですよ。菱田屋さん、遠慮なくばんばんやったほうがいいですよ」

「手前は新たな客を取りこんでゆくのが、それほど得意じゃないんですよ。米田屋さん、なにか秘訣みたいなものがありますか」

菱田屋は真剣な表情だ。それにまだ若い。一年前、病で死んだ父親の跡を継いだばかりだ。店を大きくしようという気概にあふれているのだ。

「秘訣は正直、ないですよ」

「そうですか」

菱田屋は落胆を見せた。

「菱田屋さん、ここですよ、ここ」

光右衛門は胸を叩いた。

「なんといっても真心ですね。職を求める人、奉公人を求める人、双方が幸せになれるよう力を尽くしてやること、その熱意が伝わるようになったらしめたものです」

「なるほど、熱意ですか」

「それに尽きると思いますよ」

ふと光右衛門は尿意を催した。酒が入ると、だいたいこうだ。

「菱田屋さん、ちょっとすみません、これをお願いします」

股間を指さして、提灯を持ってもらった。ごゆっくりどうぞ、と菱田屋がいった。

路地へ入り、どこかの商家の塀に小便を盛大にかけた。

用を足し終えて身繕いをしたとき、光右衛門ははっとした。そばに抱き合っている男女がいたからだ。

突然のことで、光右衛門は声が出ない。

「米田屋さん、もう終わりましたか」

提灯が路地に差しこまれる。

はっとして下を向いた男の顔がぼんやりと見えた。なんとなく見覚えがあった。

「これは失礼」

光右衛門はあわてて頭を下げ、路地を出た。提灯を受け取る。

「どうかしたんですか」

「いえね、今そこで」

光右衛門は目にしたばかりの光景を語った。

「ほう、男と女が……。まあ、このあたりは飲み屋が多いですからね、別に珍しいことでもないんじゃないですか」

「そうなんでしょうけど、男の人が見覚えのある人だったんですよ。……あれは誰だったかなあ」

菱田屋が笑って首を振る。

「米田屋さん、思いださないほうがいいですよ。それこそ野暮ってものです」

くそっ。まずい。

まさかこんな路地に人が入りこんでくるとは。

顔を見られたのでは、という気がしてならない。いや、まちがいなく見られた。

まずいぞ。

いや、その前にこいつをなんとかしないと。

もう息をしていない女の体を見つめる。脇の下に腕を差し入れ、ずるずると引きずった。

くそっ、重い。

近くに行願寺という寺がある。町方の探索を逃れるためにそこの境内に持ってゆくつもりだったが、とても無理だ。

死骸がこんなに重いものだと、はじめて知った。

ここに置いてゆくしかない。

瞳がうらめしげに見ている気がして、あわてて女の目を閉じる。

これでいい。

目を閉じてやったことで、一つ区切りがついたような気がした。

それよりも、と路地の出口に顔を向ける。俺の顔を見たあの男をなんとかしなければ。

米田屋光右衛門を始末しなければ、俺は終わりだ。

七

「おう、直之進、ここだ」

縄暖簾を払って、目の前に広がる二十畳ほどの座敷を見渡すと、平川琢ノ介が大きく手を振った。

直之進は軽く手を振り返し、沓脱ぎで雪駄を脱いだ。琢ノ介がいる場所へ歩いてゆく。

煮売り酒屋の玉田屋《たまだ》は空いていた。ふだんは混んでいるそうだから、たまにはこういう日があるのだろう。

「おそいぞ、直之進」

「約束の刻限は五つだろう。まだなっていないはずだが」

今日ははやめに将棋の仕事が終わった。昨日の熱戦の疲れがあったようで、徳左衛門はあまり調子がよくなかった。

徳左衛門の家から長屋に戻って湯屋へ行ったら、琢ノ介と会ったのだ。

それで、一杯やらんか、という話になった。

直之進としては湯屋からじかにこの煮売り酒屋に来てもよかったのだが、琢ノ介が米田屋に寄ってみるというので五つに待ち合わせたのだ。

琢ノ介の前には、すでにかなりの量の肴が並んでいる。刺身に煮つけ、焼き物。すべて魚ばかりだ。

「豪勢だな」

直之進は座りこんだ。

「たまにはよかろう。なんといってもおぬしのおごりだ」

「なんだと。きいておらんぞ」

「よいではないか。なんでも、すごく割のいい仕事にありついたときいたぞ」

琢ノ介が酒くさい顔を寄せてきた。

「先にやっていたのか」

「おぬしが来んからだ。──仕事は将棋だそうだな」

「なるほど、はなからおごらせるつもりだったのか。だから湯屋で誘ったんだな」

「誘ったのは、たまには直之進と飲みたかったからだ」

「それがおごりなら、いうことないか」

「もちろんだ。おごってくれる気になったのか」

「ああ。だが次はおぬしだからな」

「まかせておけ」

胸を叩いて琢ノ介がくいっと杯をあけた。

「米田屋はいなかっただろう？」

直之進はたずねた。

「ああ、おぬしのいう通りだった。まだ寄合から帰ってきていなかった。でも、それが狙いでもあったのだけどな」

「美形の姉妹の顔を拝みに行ったのか」

「ああ、米田屋がいなかったおかげで、存分に話もできたし。二人とも、ここに来たがっていたな。おぬしと一緒に飲んでみたいんだとよ。相変わらずもてるな」

　ほら、と琢ノ介がちろりを持ち、酒を勧めてきた。すまんな、と直之進は受けた。

　うまい酒だ。香りがよく、その割に米の味がはっきりとわかる。喉を通り抜けてゆくとき、かすかに甘みを感じる程度で、まったくしつこさのない酒だ。

「うまかろう」

「ああ、確かに」

「ここのあるじが酒の目利きなんだ。肴の邪魔をしない酒、ということで、今日はこいつだそうだ。特に魚と合うらしい」

　琢ノ介が箸をのばし、鯖の味噌煮の身をほぐした。器用に骨を取り、口に持ってゆく。

「うまいな、こりゃ。よく脂がのっているし、生姜がまたいいな。飯が食いたくなる」

「もらったらどうだ」

「いや、今は酒でいい。飯は締めだ」

「おぬし、大食らいだな」

「大食らいはよせ。日の本には健啖という言葉があるんだぞ」

ふと、直之進は外に目をやった。半分あいている小窓を通じて、道を叩く雨粒が見えている。

「降ってきたな」

「ああ。これから一雨ごとに秋が深まってゆくんだよな」

「琢ノ介らしくない、風情のある言葉だな」

「わしだって、たまには風情を感ずることはあるさ」

雨がかなりの降りになっていた。

店が空いているのは、町人たちが雨降りになるのを予期していたからかもしれない。傘を持たない者が多い江戸者は、雨になるとほとんど他出しないのだ。

「しかし直之進、うまいことやりおったな」

「なんのことだ」

「仕事だよ。うらやましくてならんぞ」

「おぬし、将棋は得手か」

「誰にものをいっているんだ。子供の頃から大人を負かしていたわしだぞ」

「そんなに強かったのか」

「今も強い」

琢ノ介が断言する。

「将棋は大の得意なんだ。どうして米田屋はわしにまわさなかったのかな」

「譲れ、といいたげだな」

「できればな」

「残念ながら、その気はないぞ」

「そんなことだろうと思ったよ。直之進は意外にけちなんだよな」

「けちか。あまりいわれたことはないな」

直之進は酒をすすった。

「おぬしは今なにをしているんだ」

「わしか」

琢ノ介が杯を突きだしてきた。直之進はちろりを傾けた。

琢ノ介が手首をひねって酒を飲む。

「普請場の警護よ」

「警護？　普請場で働いているわけではないんだな」

「日傭《ひよう》の力仕事もほかに仕事がなければ厭うわけではないが、今のところは警護という腕が生かせる仕事があるのはありがたいな」

「どんな仕事だ」

「ここから南へ六町ほど行ったところに、牛込末寺《すえでら》町という町があるんだ。今、そこでかなり大きな家を建てている。商家の隠居の家らしいが、どうやら若い妾と一緒に住む家のようだ」

琢ノ介が酒で唇を湿らせる。

「それで？」

「最近、その近辺で火事が何度か起きているんだ。人けのないところから火が出て火事になっていることから、付け火ではないか、といわれている」

「ほう、そうなのか」

「なんだ、知らんのか。あのあたりではけっこうな噂になっているようだが」

琢ノ介がまた酒を飲んだ。直之進は注いでやった。

「どの火事も見つけるのがはやくて、今のところはぼや程度ですんでいる。だからといって油断はできん。いつ大火になるか、知れたものではない」

「それで、その隠居の家の普請場を警護しているというわけか」

「そうだ。普請場というのは、材木がたくさん積んであったり、材木かすが大量にあったりするからな、付け火をするような輩の気を惹きやすいだろう」

「一日中、見張っているのか」

「いや、さすがに普請をしている最中は大丈夫だろうということで、夜だけだ」

「今日はいいのか」

「今日はわしは休みだ。他の者が警護についている。それに、こんな日に火をつける真似はせんだろう」

　雨はさっきより激しくなっている。

　直之進は鰺の叩きを食べ、酒を喫した。鰺の甘みが、酒によってふんわりと丸くなった感じで増してゆく。

「うまいなあ」

　しみじみつぶやいた。

「わしが一緒に飲んでやっているからだ」

　直之進は微笑した。

「そうかもしれん」

　琢ノ介がじっと見てきた。瞳に、かすかに憐れみの色が混じっている。

「なんだ、どうしてそんな目で見る」

「いや、ずいぶんと寂しい笑い方をするな、と思ってな。おなごが放っておかんのもわかる気がするよ。わしにはとてもできん笑い方だ」

「そんなこともあるまい」

直之進は杯をほした。琢ノ介が今度は注いでくれた。

「千勢どのは見つかりそうか」

「わからん」

「なんだ、気のない返事だな」

「見つかるときは見つかり、見つからなければずっとこのままだろう。俺はそれでいい、と思っている」

「ふーん、そうか。そんなものか」

直之進は琢ノ介を見やった。

「おぬしはどうなんだ。その歳まで独りだったということはないんだろう？」

「その歳とかいうな。わしはおぬしと同い年だと前もいっただろうが」

「そうだったな。どうもその顔を見ていると、年上のような気がしてしまう」

琢ノ介が鯵の叩きをつまんだ。そっと口に持ってゆく。

「いたことはいたさ」

杯に目をあてて、いった。そこに妻がいるかのような表情だ。

直之進は黙って続きを待った。しかし琢ノ介は話しだそうとしない。

「いいにくいか」

「すまんな」

琢ノ介が軽く頭を下げた。

「わしは二年前までさる家中だった。だが、主家は取り潰しになった。それからはずっと浪人だ」

「どうして取り潰しに」

琢ノ介はなにかいいかけた。直之進にきいてもらいたい、という表情がかすかに動いたように見えた。

しかし結局はなにもいわず、ただ酒を一口すすっただけだった。

八

陽射しがまともに顔にあたり、富士太郎は手を庇にした。

昨夜から降りだした雨は未明にあがり、頭上には雲一つない青空が広がっている。いかにも秋らしい、高い空だ。

いくつもの水たまりが陽射しを浴びて、きらきらと光っている。家の陰になっている水たまりは、暗くよどんだままだ。

家はかなり建てこんでいる。富士太郎と珠吉がいるのは牛込白銀《しろがね》町だ。すぐそばに、行願寺という寺がある。境内に南天の木が多く植えられていることから、南天寺の別名がある。むろん、富士太郎は境内に足を踏み入れたことはない。

富士太郎はひざまずき、女の着物に触れた。湿っている。少なくとも、雨が降りはじめたときにはここで死んでいたということだろう。

「なかなかきれいな人ですな」

横で珠吉がいう。

富士太郎は女の顔をのぞきこんだ。

「入念に化粧をしていたようだね。雨でちょっと流れてしまっているけど」

死骸は若い女だ。頬がふっくらとしている。

「ということは、男と会うつもりでいたか、もしくは会ったか、でしょうかね」

「珠吉のいう通りだよ。男が犯人、と考えるのが筋道だろうね」

それにしても、と富士太郎はうんざりした思いで一杯だった。この前の心中に続いて、またも死骸を目の当たりにするなど。

こんなに簡単に人を殺し、その将来を奪ってしまう。人というものがしでかすことに、許せないものを感じる。

ただし、この仏の無念を晴らしてやるには、犯人を捕縛するしかない。そうだ。この俺がつかまえなければ、いったい誰がやるというんだい。

俄然やる気がわいてきた。

珠吉が穏やかな目で見ているのに気づいた。

「なんだい、その顔は」

珠吉がにっこりと笑う。

「いえ、なんでもありませんよ」

女は匕首のような鋭利な刃物で、胸を一突きにされて殺害されていた。そのくらいは検死を待たずともわかる。

「珠吉、殺されたのは何刻頃だと思う」

富士太郎がきくと、珠吉が顎に手をあてた。

「あっしにはなんとも……。そこは先生におまかせしたほうがいいですね」

「そうだね」

富士太郎は立ちあがった。

「おそいね、先生は」

「道がわからないのかもしれませんね」

「そうだね、このあたりはちょっと入り組んでいるから」

「大通りまで見てきましょうか」

「うん、頼むよ」

珠吉がさっそく走りだした。路地を曲がって消えてゆく。

珠吉を見送った富士太郎は、そばにいる五名の町役人《ちょうやくにん》を順繰りに見た。

「誰がこの仏さんを見つけたか、教えてくれないか」

最も年かさの町役人が進み出た。

「こちらです」

進み出てきたのは痩せた男だった。よく日に焼けており、顔がしわ深い。といってもそんなに歳はいっていないようだ。

身なりからして、豆腐売りのようだ。取っ手がふつうのより長く、深さもある二つの岡持のかたわらに天秤棒が置いてある。男はいかにも実直そうな顔をしており、多くの得意先をつかんでいる感じがした。

富士太郎は、誰か怪しい者を見なかったか、といった問いをしただけで、その男を解き放つことにした。

女の死骸をただ見つけてしまっただけなのがわかったし、いつまでもこんなところに引きとめられていては商売にならないだろう。それに、豆腐を待っている者も、今朝はいったいどうしたんだろう、と気をもんでいるにちがいない。

一応、名と住みかだけはきいて、もう行っていいよ、と富士太郎はいった。豆腐売りが感謝の表情で立ち去ったあと、町役人たちに向き直る。

「この女を知っている者は？」

五人とも、存じません、と声をそろえた。

「ということは、この町内の者ではない、と考えていいのかい」

「そういうことだと思います」

年かさの町役人が答えた。

となると、まずは身元調べからだね、と富士太郎は胸のなかでつぶやいた。

「昨日の夜、妙な男が町内に入りこんできたりはしていなかったかい」

「さあ、どうでしたでしょうか」

年かさの町役人が首をひねる。

「この町はけっこういろんな人が入ってきますから。東にある成就院や無量寺の門前町には料亭や料理屋がかなりありますし」

「酔っ払いが多いというわけだね」

「ええ、たっぷりと飲んでご機嫌の人がかなり通ってゆきますよ」

「でも昨日は雨だったからね、そんなに人通りは多くなかったんじゃないかい」

「そうなんですが、こちらも自身番からいちいち見てはいませんもので」

「まあ、そうなんだろうね」

富士太郎は話の方向をやや変えた。

「昨日の夜、なにか妙な物音をきいた者はいないかい」

いいながら、期待はできないね、と富士太郎は思った。

「今のところ、そういう話は町内の者から届いていないですね。それに、昨日はあの通りの降りでしたから、物音がしたとしても消されてしまったものと」

「そうだね。おいらもつまらないことをきいてしまったよ」

背後から人の声がした。

見ると、小者を連れた検死医師の福斎がやってきたところだった。珠吉が先導している。

富士太郎を見つけ、福斎が頭を下げた。

「おそくなって申しわけない」

手ぬぐいでせかせかと汗をふいている。

「いや、ちょっとどこなのか、わからなかったもので」

「いえ、来ていただければ十分ですよ」

富士太郎は笑顔で出迎えた。

福斎が死骸に目をとめる。

「こちらですか」

「ええ、お願いします」

福斎がかがみこみ、死骸をあらためはじめた。

死骸の肌に触れたり、目を大きく指でひらいたりしていたが、やがて立ちあがった。

富士太郎を見る。

「殺されたのは、この胸の傷が原因ですね。匕首か短刀のようなもので一突きです。正確に心の臓を刺しています。ほとんど痛みを感ずることなく、おそらく仏さんは……」

「そうですか。殺されたのは何刻頃ですか」

「そうですね、六つから八つまでのあいだではないか、と思われます」

「四刻ですか。もう少しせばまりませんか」

「そうですね」

福斎が考えこむ。

「六つ半から四つ半、といったところではないでしょうか」

一気に二刻も縮まった。

「ありがとうございます」

「ほかになにかおききになりたいことは」

「いえ、ございません。ありがとうございました」

「そうですか。では、これで」

福斎が小者とともに帰ってゆく。

女の死骸を自身番に置いておいてくれるように町役人に頼んでから、富士太郎と珠吉は近所の者から立て続けに話をきいた。

だが、誰もなにも見ていないし、なにもきいてもいなかった。

「さて、次はどうします、旦那」

珠吉がきいてきた。どこかためすような目をしている。

富士太郎は昂然と顎をあげた。

「この女が誰なのか、明らかにすることからはじめないといけないね」

九

徳左衛門がうなり声をあげた。

「むう、そこに来たか」

眉間に深いしわをつくり、盤面をにらみつけている。そうしてさえいれば、まるで勝手に駒が動いて、形勢不利を打開してくれるとでも信じているような顔だ。

「喉が渇いたな」

徳左衛門が直之進に目を向けてきた。

「茶を飲むかね」

「それがしがいれてきましょうか」

徳左衛門が苦笑する。

「ずいぶんと余裕だな。でもいいよ」

「茶をいれることで、気分を変えたいのではないですか」

「それもある。どうもここしばらくやられっ放しだからな。ちょっと新しい茶を飲みたくもあるんだ」

「新しいお茶ですか。うまいんでしょうね」

「わしがこれまで飲ませた茶で、まずいものがあったか」

「どれもおいしゅうございました」

「この前買った茶は、これまでで最もうまいはずだ。ちょっと待っててくれ。駒を動かすなよ」

「この形勢で、わざわざそんなことしませんよ」

「いうてくれるな」

徳左衛門が立ち、台所へ行った。

それほど待たせることもなく、盆に急須と二つの湯飲みをのせて戻ってきた。

茶托の上に湯飲みを置き、急須から茶を注いだ。それを畳に滑らせてきた。

「ありがとうございます」

直之進は礼をいって、湯飲みを手にした。ほんわかとした感じが手のひらを伝わってきて、とても気持ちがいい。

正座した徳左衛門が盤面を見る。

「ふむ、やはり形勢不利は変わらんか」

湯飲みを傾け、ぐびりと飲む。鷺のくちばしのように突き出た喉仏が上下する。

「うまいな」

目を細めてしみじみいう。

「おぬしも飲め」

わかりました、といって直之進は湯飲みに口をつけた。

やわらかな甘み。まず感じたのはそれだった。そして、茶葉というものを強く覚えさせるこく。

それがふんわりと口中で立ちあがり、一体となって喉をくぐり抜けてゆく。思わず飲みくだすのがもったいないと思わせるほどの味だ。

「どうだ」

「とてもおいしいですね。これだけうまい茶を飲んだのはそれがし、はじめてです」

「本当か。おぬし、駿河の出というではないか。駿河といえば、茶どころとして名のあるところだ。そこの出の者でも、うまいと思うのか」

「駿河と申しましてもそれがしは沼里ですから、茶は名産といえるものではありません。山の斜面を切りひらき、植え育てている者もかなりいますが。でもそれがしが茶の産地の出かどうかは、この際関係ありませんよ。どこの出の者でも、このお茶のうまさはわかります」

「そうか。この茶はわしが懇意にしている茶商人から買い入れたものだが、盛んに勧めてきたんだ。試し飲みもできるというんで、飲んでみたらこれが驚きのうまさだった」

「高かったでしょうね」

徳左衛門がいさめるように首を振った。

「値のことをいうのは野暮よ。わしはこれだけうまい茶をつくり、売るという、その心意気を買ったのよ」

「その通りですね。失礼を申しました」

「謝ることなどない。もっと飲め」

徳左衛門がおかわりを注いでくれた。直之進はさっそく飲んだが、二杯目だからといってうまさが減じるようなことはなかった。

「さて、少しは気持ちが落ち着いたな」

湯飲みを茶托に置き、徳左衛門があらためて盤面に目を落とす。

「どうすれば、この窮地を脱することができるか」

腕を組んで考えはじめた。ふと妙手を思いついたような顔をする。

顎ひげをなでながら盤面を見つめている目が、その考えに誤りがないかしっかり見定めているように見え、直之進は、ここから逆転できる手があるのか、とわずかに不安になった。

「これかな」

銀をつまみあげ、そっとあげてきた。

直之進は徳左衛門の狙いを読もうとしたが、今のところその位置にいる銀が大勢に影響を与えることはない、と断じ、さらに攻勢をかけた。

角で王手ができたが、あえて避け、角を玉の逃げ道を封ずる位置に置いた。

「やはりそこか」

徳左衛門がにんまりする。

「そこは王手に行くべきだったな」

自信たっぷりにいいきる。

揺さぶりだな、と直之進は思った。

しかしそう思うこと自体、徳左衛門の術中にはまっていたのかもしれなかった。

その言葉が心に残ったわけではなかったが、直之進は一つのしくじりを犯した。金を打った瞬間、一手はやすぎた、と直感したのだ。

その手を目にした徳左衛門が、にやりと笑った。

「待っていたよ」

反撃の飛車が一気に陣内に飛んできた。

そこから鉄壁と思えた守りを崩され、直之進はあっけなく敗れた。

「まいりました」

「意外にたいしたことなかったな」

「一ついわれると、ちょっと考えこんでしまうたちなので」

「ふーん、そうか。おぬしの弱点を見つけた、といっていいのかな」

徳左衛門が横を見た。

半分あいた障子から庭が見えている。いろいろな樹木が植えられた緑濃い庭には、夕闇が漂っていた。

「ああ、もう暗くなってきたな。秋の日は釣瓶落としというが、ここからあっという間に夜がやってくるんだよな」

徳左衛門がすっかり冷めきった茶を飲んだ。

「おぬし、酒は飲めるのか」

「ええ、好きですす。徳左衛門どのは？」

「わしは駄目だ。昔から飲めん。若い頃一度だけ飲んだことがあったが、ひっくり返ってしまった」

茶を飲みほして、徳左衛門が湯飲みを茶托に戻した。

「今日はここまでにしておくか。朝からやって、一勝四敗か。久しぶりの勝利の余韻を味わったまま、寝につきたい」

「終わりよければすべてよし、というわけでもないでしょうが、きっと気持ちいいでしょうね」

徳左衛門が見つめてきた。

「おぬし、将棋はいつ覚えた」

「子供のときです。父から教えてもらいました」

「父上は強かったのか」

「とても」

「おぬし、なぜ沼里から江戸に出てきた」

「まだお話ししていませんでしたか。それがし、妻を捜しに来たのです」

「どういうことだ」

「逃げられたのです。妻が江戸にいるという知らせが親しい者からもたらされ、やってきたのです。どうして妻がいなくなったのか、それがしとしては、それを知りたい気持ちで一杯です」

徳左衛門と知り合ってそれほどときがたっていないのに、ここまですらすらと言葉が出てきたことに、直之進は軽い驚きを覚えた。つまりは、徳左衛門という人物の持つ魅力のなせる業だろう。

「見つけたら連れ帰るのか」

「その気はありません」

「ふむ、どうしてだ」

「もはや一緒に暮らすことはできますまい」

「そうかもしれんな」

徳左衛門が腕を組む。

「どうしていなくなったのかな。男というのはどうだ」

「わかりません。それがしもそういうことではないか、とは思っているのですが、妻から話をきくまでは決めつけられません」

「道理だな」

徳左衛門が盤から歩をそっとつまみあげた。

「わしがどうして一人暮らしをはじめたか、興味はあるか」

「むろんです。お話しくださるのですか」

「おぬしのことをきいて、わしのことを話さんというわけにはいかん」

徳左衛門が乾いた色をしている唇を舌で湿らせた。

「もうわかっているだろうが、わしはもとは侍よ。しかも、もとはさる旗本の当主だったんだ」

「旗本の当主ですか。それはまた」

さすがに直之進はびっくりし、言葉がすぐには続かなかった。

「どうして屋敷をお出に」

「わしには娘が一人いる。子供は何人か授かったのだが、ただ一人だけ無事に成長してくれた子だ」

珍しい話ではない。それは武家も町人も事情は変わらない。とにかく子供は死んでゆく度合が高いのだ。

「その娘にも縁談が舞いこみ、話はとんとん拍子に進んでいった。一度は顔合わせもし、夫婦となる者同士、お互いを気に入ったようだ。わしも婿となる男にそのとき会って、いいのでは、と満足した」

徳左衛門がかすかに顔をゆがめた。

「しかし実際に婿に来てみると、ずいぶんと金に細かい男であるのがわかってな。わしの小遣いまでに口をだすのだ。わしはいらいらし通しで、どうにも我慢ができなくなった」

徳左衛門が部屋のなかがずいぶん暗くなったことに気づき、行灯に火を入れた。

その明るさはとても新鮮なものに感じられた。

「いや、金のことは関係ないな。節約せんことはわしもわかっていたのだから。

ただ、大事に育てた娘を取られた、その気持ちだけでうとんでいたのかもしれん」

「それで出られた？」

「そうだ。今考えてみれば、最も大きな理由は、婿が将棋をやらんということかな。やらんだけならまだしも、どこがおもしろいのかわかりませぬ、とまでいい放ちおったわ」

「徳左衛門どの、奥方は？」

「とうに亡くなっている。生きていればわしの味方になってくれただろうに。婿のことを気に入っている娘は、残念ながらわしの側にはまわってくれなかった。わしは屋敷を出るしかなくなった。それまでに貯めておいた金を手にな。それは今、市中の両替屋に預けてある」

徳左衛門が笑顔を見せた。少し寂しげな色があるように直之進には見えた。

「だが、思いきって屋敷を出てよかった、と今は思っている。旗本としての暮らしを続けていたら、こういう気ままな暮らしを知ることはなかったであろう」

だからぐずぐずなどしておらずもっとはやく思いきっていればよかった、と徳左衛門はいった。

「将棋はやはり子供の頃に？」

「いや、そうでもない。妻をもらったときだ。だから二十二のときだな」

「ずいぶんおそい目覚めですね」

「ふむ、義父が教えてくれたのよ。将棋を知らずにときをすごすのは、人生の楽しみの半分を知らずにいるといわれてな」

徳左衛門が微笑を口許に浮かべる。

「そのときはなにを大袈裟なことを、と思ったものだったが、今は義父に感謝している。将棋がなかったら、おぬしと知り合うことは一生なかっただろうし」

「そうかもしれませんね」

直之進は、人の縁の不思議というものを感じた。

「婿どのに教えようとは？」

「むろんしたさ。それで返ってきたのが、先ほどの言葉よ」

「そうでしたか」

直之進は話題を変え、剣のことをきいた。

徳左衛門はよくぞきいてくれた、といわんばかりに顎を上下させた。

「若い頃は鳴らしたものよ。通っていた道場では、師範から、おぬしが跡取りでなければもらい受けたものを、と嘆かせたほどだ」

「では、部屋住《へやずみ》に生まれついていれば今頃は道場主だったのですね」

「部屋住などに生まれたくはないが、今はそういう人生もあったかな、と思う」

「剣は今も相当に遣われるのでは？」

着物の上からでも、徳左衛門の筋骨は隆々と盛りあがっているのがわかる。ふだんの鍛錬を怠っていないなによりの証だ。

ふふ、と徳左衛門が小さく笑う。

「おぬしほどではないさ」

十

今日も手応えはなかった。

千勢は提灯の灯がわびしく照らす、道の先をぼんやりと眺めた。

こんな調子で本当に見つかるのだろうか。

弱気が胸をかすめてゆく。

千勢は首を振った。

きっと見つかる。そのために江戸に出てきたのだから。

そう、幸せな暮らしを捨ててまで江戸にやってきた理由がなくなってしまう。

つとめ先の料永がある東青柳町から、千勢は音羽町四丁目の長屋に帰ってきた。

刻限は四つ半をすぎているが、腹は空いていない。つとめ先である料永で食べてきた。

賄いでだされる食事はとてもおいしい。厨房で働く若い者の仕事だが、この賄い食で腕が認められるかもしれないこともあって、誰もがしっかりと腕を振るってくれる。

なかには、今日のはどうでした、ときいてくる者もいて、その仕事熱心さには思わず応援したくなる。

暗い影を映す障子戸をあけ、なかに入る。いやな冷気が漂っている気がして、千勢はせまい庭に通ずる戸をひらいた。

一気に新鮮な大気が流れこんできて、千勢は生き返った心地になった。

庭は低い塀で仕切られているが、その塀の先にあるのは畑だ。この町の者が預かって、いろいろと青物をつくっているときいている。

千勢はこのままばたりと倒れこんで眠ってしまいたいくらい疲れていたが、湯屋に行くつもりでいる。汗を流したい。

「お登勢さん」

軽く障子戸を叩く音とともに声がした。

千勢は土間におり、戸をあけた。

「ああ、おきねさん」

隣の店に一人で住んでいる女だ。千勢と同じく、料理屋に奉公している。

「湯屋は行った？」

おきねがきく。

「ううん、まだこれから」

「じゃあ、一緒に行こうよ」

千勢は、おきねと肩を並べて道を歩きだした。

「今日はどうだった」

歩きながらおきねが問う。

「今日も駄目だったわ」

「そう」

おきねは残念そうに首を振った。

「でもお登勢さん、いつかきっと見つかるわ」

「どうかしら。私としてはそうなることを祈っているけど」

千勢は長屋に入ったとき、長屋の者すべてに男の人相書を見せて事情を話した。おきねもむろん、千勢がなにを目的に江戸に出てきたかを知っている。

「ああ、そうだ」

おきねが手のひらを打ち合わせる。ぱん、という小気味いい音が夜に吸いこまれていった。

「もしかしたら、今日似ている人、見かけたかもしれないの」

「本当？」

「人相書、持ってる？」

千勢は懐から取りだした。見やすいように提灯で照らす。

おきねはじっと見ていたが、やがてため息をついた。

「ごめんなさい。ちがうわ。全然ちがう」

もともと期待はなかった。おきねはこれまで、こういうことばかりいってきている。

「どうしてこの人と似ているなんて思ったのかしら。ごめんなさいね」

もともと悪気はないのだ。人なつこいし、おしゃべりしているのはそれなりに楽しい。

湯屋は四つ近いのに、盛況だった。

さっそく千勢は流し場へ行った。おきねがうしろについてきた。

湯気がもうもうと立ちこめている。千勢はまず髪を洗いはじめた。

「相変わらず混んでるわね」

おきねがまわりを見渡している。

「どうしてこんなに混んでいるか、お登勢さん、知ってる？」

その理由についてなんとなく話はきいている。しかし千勢は、ううん、と首を振った。

「この広いお江戸なのに、湯屋は全部で六百軒あまりしかないらしいのよ」

「湯屋自体が足りないってこと？」

「そうなのよ」

「新しくつくらないの？」

おきねが声をひそめる。

「お上が火事が怖いからって、新しくつくるのを許さないのよ」

「ああ、そうなの」

「たくさんつくってくれたら、もっとのびのびと入れるんだけどねえ」

「そうね」

「ねえ、湯屋の値段て知ってる？」

千勢は頭をめぐらせた。おきねは、湯屋代の六文のことをいっているのではない。湯屋を買い取るといくらするかをきいているのだ。

「確か、株で売買するというのは耳にしたことはあるけど」

千勢は考えこんだ。これまでそんなことを思ったことはなかった。見当もつかない。一人六文とはいえ、相当儲かるのは確実だ。

「わからないわ。どのくらいなの」

「前にうちのお客にきいたんだけど、その人がいうには、安い湯屋で四、五百両、高いところでは千両ほどするらしいわ」

「さすがにすごいわね」

「でも、大坂では安くても銀五、六貫目ってところらしいわ。高いところではその十倍はするらしいの」

千勢は感嘆した。一貫は千匁だ。一匁は一両の六十分が一。五十貫目というのは、小判に換算すると、いくらなんだろう。二十万両くらいになるのでは、と思った。

「それはものすごいわ」

「そうでしょう。上方では江戸よりもっと湯屋の数が少ないらしいの。でも、そんなお金持っている人、この世の中にはいるんだものねえ」

「そうね。そういう値がつくってことは、それだけ払える人がいるからよね。でも信じられないわ」

「ほんとよね。……そういう人、私の前にあらわれないかしら」

「あらわれたらすごいわね」

「やっぱり江戸では無理かしら。上方へ行くしかないのかな」

「そうかもしれないわね。江戸でも名が通っている大店は、ほとんど上方の出店ですものね。お金持ちは上方にいるのよ」

「お登勢さん、上方へ行ったことある？」

「いいえ、ないわ」

おきねがうかがうような目で見ている。

「ねえ、お登勢さん、前もきいたけど本当はどこから出てきたの？」

「えっ？　それはごめんなさい」

沼里からやってきたことは、長屋の者にもいっていない。

大家にはもちろん告げてあるが、誰にも教えないように頼んでいる。大家はその約束をかたく守ってくれている。

「そう、駄目なの」

おきねがいかにも残念そうにいった。

「せっかく親しくなれたのに……」

「ごめんなさい」

「言葉からして、上方ではないのはわかっていたのよ」

千勢は無言で髪を洗い続けた。

ふと、おきねがじろじろ見ているのに気づいた。女の目とはいえ、その無遠慮な視線に千勢は体がこわばるのを覚えた。

「お登勢さん、きれいな肌しているわね。とても白くてきめ細かいわ。私なんか地が黒いから、うらやましいわ」

そういって首をひねる。

「こんなにきれいな人、捨てるなんて、本当に信じられないわ」

長屋に戻った千勢は布団を敷いた。横になって、枕元の行灯を吹き消す。

急速に重みを増した闇のなか、匂い袋を見つめた。においが胸にたまってゆく。息をそっとついた。

見つかるのだろうか。

いや、きっと見つけてみせる。そして……。

私にやり遂げられるだろうか。

今度はそんな不安が頭をもたげてきた。

いや、それは見つけてからの話だ。見つかる前に、そんなことを考えても仕方がない。

でも不安は募る。

ふと、直之進のことを思いだした。

今どうしているのだろう。あの人がいてくれれば。

でも、頼めることではない。そんな真似は決してできないのだ。

せつなさがこみあげてきた。すまなさで心が一杯になる。

幸せな暮らしだった。直之進は夫として申し分なかった。

しかし、千勢は直之進との暮らしを捨て、沼里を出た。
必ずあの男を捜しださねばならない、と心に決めたからだ。
その決意を直之進に告げようと、一度ならず考えたこともある。
だが、いいだせなかった。
千勢は黙って家を出るしかなかった。

第二章

一

ちょっとおそくなったな。

光右衛門は足早に歩きだした。この前の寄合のことで意地になったわけではないだろうが、得意先まわりに精をだしすぎた。かなり遠出をしてしまった。

いや、やはり年甲斐もなく意地になったのだろう。

今日は足の赴くままに、根津のほうまで行ってしまったのだ。

あのあたりまで行ったところで、得意先が増えるわけでもない。それに、無用のいさかいをあのあたりの口入屋と引き起こしてしまうのも得策ではない。

しくじりだったな。

光右衛門は月代《さかやき》を一つ叩いた。こつん、といい音がした。

なんだ、まるでなかになにもつまっていないみたいな音だな。

そんなことを思ったら、こちらも忘れては困るといわんばかりに腹の虫が鳴いた。

空腹が募ってきた。どこかで飯を食いたい気分だ。

しかしそんなことをしたら、せっかく夕餉の支度をしてくれているおきく、おれんの二人を悲しませることになるだろう。

これまで光右衛門はどんなに遠くまで行っても、必ず店に戻り、二人と一緒に夕餉をともにしていた。

この習慣を、いつもよりはるかに遠出したといっても崩したくはなかった。

光右衛門は小田原提灯を掲げ、道先を照らしだした。

すでに道は人けが絶えている。そんなにおそい刻限ではない。まだ五つまで四半刻はあるのではないか。

店まで、あと四半刻の半分もかからない。もう少しの辛抱だ。それであたたかな飯にありつける。

光右衛門は腰に結わえた手ぬぐいを手にして、顔や首筋の汗をぬぐった。

妙に暑い。先ほどから、どうにもいやな風が吹いている。秋とは思えない生あたたかな風だ。

江戸川に架かる石切橋を渡る。ようやく道が小日向東古川町に入った。あれ。光右衛門はふっと背筋が冷たくなったような気がした。いったいどうしたのだろう、といぶかった。

向こうから、大きめの提灯が近づいてくるのが見えた。それが店の提灯のような気がして、光右衛門は目を凝らした。

ふと、うしろから足音をきいた。なにげなく振り向く。人影が足早に近づいている。

光右衛門は提灯をまわし、それが誰なのか見極めようとした。

「おとっつあん、おそいわね」

おれんが心配そうにつぶやく。

「そうね、なにかあったのでなければいいけど」

おきくがうなずいて応じる。

「こんなにおそくなることがこれまでにあったのか」

直之進は二人にただした。

「ずっと前はあったような気がしますけど、最近ではないですね」

おきくが答えた。

夕餉の支度はとうにしてあるとのことだ。直之進の前にも光右衛門が帰り次第、膳がだせるように手はずはととのっているという。

「おなか空いたわね」

おきくが、ふうと息を吐いた。

「先に食べちゃいましょうか」

「駄目よ」

おれんが首を振る。

「そうね。待ってないとおとっつあん、かわいそうだものね。それに、私たちがこうして暮らせるのもおとっつあんのおかげなんだから」

おきくがすまなそうに見てきた。

「湯瀬さま、こちらからお誘いしたのに、本当にごめんなさい」

「いや、かまわん。待つのはなんでもない。腹が減れば減るほど飯はうまくなる」

直之進がこうして米田屋にいるのは、徳左衛門の家から長屋に帰ろうとして、途中、納豆を買いに出たおきくと出会ったからだ。夕餉に誘われ、その言葉に甘えることにしたのだ。

「それにしてもおそいわねえ」

おきくがまた心配そうにいった。ちらりと道の方向に視線を投げる。

なにかあったのでは。直之進はいやな予感を胸に抱いた。

「ちょっと見てこよう」

すっくと立ちあがる。

「でも……」

「米田屋は、今日はどちらのほうへ向かったんだ」

「確か、金杉水道町のほうへ行ってみるといっていました」

「東だな」

直之進は店の外に出た。二人が見送ってくれる。

「すみません、おとっつあんのためにお手数をおかけしてしまって」

おきくが火を入れた提灯を貸してくれた。

「いや、このくらい朝飯前だ。いや、今なら夕飯前とでもいうべきかな。米田屋のことだ、じき帰ってくるさ。いらぬ心配だろうと思うが、ちょっと見てくる。

待っててくれ」

直之進は提灯を手に、道を進んだ。

ほんの一町も行かないときだった。向こうから小田原提灯らしい小さな光が近づいてくるのが見えた。

あれは、と直之進は足をはやめた。

不意に、小田原提灯がうしろに向けられた。そのために、そこにいるのが光右衛門であるのがなんとなくわかった。

距離は半町ほど。おーい、と声をかけようとして喉でとまった。

光右衛門に近づいてくる影に気づいたからだ。どうやら男らしいが、提灯を持っていない。しかも、粘りつくような雰囲気を全身から濃厚に放っているように思えた。

なにかが闇に光る。その正体を知った直之進は叫んだ。

危ないっ。

腰の木刀を引き抜き、走りだした。

逃げろっ、米田屋。

わあ、と悲鳴がした。小田原提灯が弧を描いて、地面に落ちた。燃えはじめる。

米田屋っ。

直之進は走った。

光右衛門が路上に倒れこんでいる。

直之進は唇を噛んだ。まだ十間以上も距離がある。なぜか子供の頃、大きな犬に追われて走って逃げたときを思いだした。

あのときは屋敷の門までがとても遠かった。なかなか着かなかった。今はあのとき以上に思えた。

男はほっかむりをしている。刀を握りかえ、振りかざした。とどめを刺そうとしている。

ということは、光右衛門はまだ生きているのだ。

胸に希望の灯が灯った。待てっ。直之進は男に向けて思いきり叫んだ。

それではじめて気がついたのか、男がはっとしてこちらを見た。

ほっかむりのなかの目が見ひらかれる。あと、三間あまり。

男が光右衛門に刀を突き刺そうとする。

待てっ。

男がまた直之進を気にした。

その一瞬は、直之進にとって最高の価値を持つものだった。男と光右衛門のあいだに体をねじこむことができたのだ。

うなるような声がきこえてきた。光右衛門のうめき声だ。やはり生きている。

直之進は光右衛門を背に、男と対峙した。

男が正眼に構えた刀が鈍い光を帯びていた。

「邪魔するな」

響きのいい声でいった。

「邪魔するさ」

直之進はいい放った。

「知り合いなんでな」

「知り合いだと？」

瞳が鋭く光る。

気合もなしにいきなり斬りかかってきた。

袈裟に刀が振られる。鋭い斬撃だ。かなりの心得がある。

直之進は避けず、木刀ではねあげた。がきん、という音が闇に響き渡る。

男は負けずにさらに振りおろしてくる。それも直之進は弾き返した。重い手応えが伝わり、腕にしびれが走る。

男の目は血走っていた。どうしてもここで光右衛門を殺さねば、という執念に満ちている。

胴や袈裟に続けざまに振られる刀を、一歩も引かずに直之進ははねのけ続けた。

男の息づかいがきこえてきた。いかにも苦しげだ。

これなら、と直之進は思った。木刀でも攻勢に出られるかもしれん。

袈裟斬りをよけると男の体が揺れ、肩先に隙が見えた。罠かもしれん、と一瞬思ったが、直之進はかまわず突っこんだ。

罠ではなかった。男は木刀を払うのが精一杯だった。

体勢が崩れ、男はじりと土音をさせてあとじさった。直之進が胴を打ち貫こうとして、低く踏みだしたとき、男は跳びすさった。

ちっ、と男が小さく舌打ちをする。未練を残した目で光右衛門を見つめる。

思いを振り払うように男が身をひるがえし、夜のとばりへ身を投じた。

直之進は追おうとして、すぐにとどまった。追ったところで追いつけないし、それ以上に光右衛門の身が心配だ。

直之進は、光右衛門のかたわらにかがみこんだ。

「おい、大丈夫か」

直之進は抱き起こした。

顔をゆがめて目をつむっている。脇腹を押さえていた。

「しっかりしろ」

うっすらと目をあけた。なにかつぶやく。

直之進は耳をあてた。

「よく来てくださいました」

「そんなことはいい。黙っていろ」

直之進は光右衛門を担ぎあげ、米田屋に運びこんだ。

「なにがあったんです」

おきくが悲鳴のような声をあげる。

「あとで説明する。先に医者を呼んできてくれ」

おきくが店を飛びだしていった。

「おれんちゃん、湯をわかしてくれ。きっと必要になるだろう」

直之進は光右衛門を奥の座敷に運び、敷いた布団に寝かせた。

着物の帯を解き、傷を見た。

ぱっくりと切れている。血がおびただしく出ている。布団を汚しはじめた。

直之進は、光右衛門が腰につるしている手ぬぐいを傷口にあてた。

医者はまだか、と直之進が思ったとき、入口のほうでどやどやと足音がした。

「湯瀬さま」

おきくの声だ。

「こっちだ」

おきくが医者を連れて、座敷に入ってきた。医者は、前に光右衛門が襲われて怪我を負ったとき、手当をした堅順《けんじゅん》だ。

直之進に会釈して堅順が正座する。薬箱をかたわらに置く。さっそく光右衛門を診はじめた。

そのあいだ、直之進とおきくは部屋の外に出た。廊下をおれんが鍋を持ってきた。

「湯がわいたか。どれ、俺が持とう」

直之進は受け取り、堅順に声をかけて座敷に入った。

「おう、手際がいいの。そこに置いてくだされ」

直之進はいわれた通りにし、光右衛門を見つめてから座敷を出た。

「なにがあったのです」

おきくがすぐにきいてきた。

直之進は手短に説明した。

「また襲われた……」

おきくが絶句する。おれんも同じように言葉をなくしている。

「ちょっと自身番へ行ってくる。番所に届けてもらわんとならん」

「大丈夫でしょうか」

おきくがすがるようにいう。

おきくがなにを気にしているか、直之進はさとった。

「今夜は襲ってくることはない。あの様子では、今頃ねぐらに戻っているはずだ」

直之進の侍としての勘だ。おそらくあの執念を感じさせる目からして、あの男はさっきの場での決着に懸けていたはずなのだ。

日をあらためるならともかく、今宵、店にまでやってきて襲うということは考えにくかった。

それでも、おきくは不安をぬぐいきれないようだ。実の父親が襲われ、斬られたのだ。それも当然だった。

「私が自身番に行ってきます。あと、姉さんのところにも」

おきくの姉というのはおあきといい、大塚仲町に住んでいる。すでに夫がいて、祥吉《しょうきち》という子を成している。

「湯瀬さまは、おとっつあんのそばについていていただけませんか」

「おきくちゃんがそのほうがいいのなら、そうしよう。しかし、これから大塚仲町まで行くのか。俺はおきくちゃんのことが心配になってしまうな」

「でも、ほかに手がありませんし。おとっつあんの大事ですから、知らせないわけにはいきませんし」

よろしくお願いいたします、とおきくが頭を下げ、襖をひらいた。

それを見送ったおれんがへなへなとへたりこんだ。

「大丈夫か」

声をかけたが、おれんは顔をあげない。袖で顔を覆って泣いていた。

直之進としては、おれんに光右衛門が襲われなければならないような心当たりがあるかききたかったが、今はそんなことができる様子ではない。

堅順が襖をあけて座敷に入ってきた。汗をぬぐって畳に正座する。

「いかがです」

直之進はたずねた。

「命に別状はありません」

おそらく大丈夫だろう、と思ってはいたものの、その言葉に直之進は重荷を取り払ったような気分になった。肩が自然に下がり、安堵の息が口をついて出る。

横でおれんもほっとした表情をしている。

「どのくらいで治るのですか」

そうですね、と堅順がいった。

「一月もあれば十分でしょう」

二

目が覚めた。

いつの間にか寝ていた。不意に腹の虫が鳴った。

そういえば、昨日は結局、夕餉を食い損ねたのを直之進は思いだした。

味噌汁のにおいが、この座敷にも漂ってきている。とんとん、と俎板を叩く音がする。

直之進はなつかしい思いに包まれた。ほんの半年前まで、あの音をきいて暮らしていたのだ。千勢は自ら包丁を持ち、台所仕事をしていた。

もっとも、沼里家中では大身の者を除き、妻が包丁を持って台所に立つ、そのようなことは当たり前だった。

あの暮らしがずっと一生続くものだと思っていた。

それが今はどうだろう。

江戸に出てきて、米田屋の座敷で寝ている。沼里にいたときは、米田屋の存在すら知らなかった。米田屋どころか、江戸という町に出てくることがあるなど、それさえも考えたことはなかった。

播巻がかけられていた。それをていねいにたたんで、直之進は立ちあがった。

その途端、また腹の虫が鳴いた。

我慢しきれないくらい、腹が空いている。それでもそんなことは些事でしかない。

直之進は襖をあけて廊下に出た。向かいの間の襖をあけ、そっとなかをのぞいた。

布団に光右衛門が寝ている。規則正しい寝息がきこえた。

枕元で娘が横になっている。それにも搔巻がかけられていた。

どちらだろう、と直之進は思った。目をつむっている姿は見わけがつかない。

それにとても色っぽく見えて、目を離せなかった。

ただ、いつまでも見とれているわけにはいかず、直之進は部屋に入りこんだ。

その気配に、娘が目をぱちりとあけた。

それでわかった。おれんだった。

「起こしてしまったか」

「ああ、いえ」

おれんが顔を赤くして、身を起こした。裾を直して座り直す。

「おはようございます」

おはよう、と直之進は返した。

「一晩中ついていたのか」

はい、とおれんはいった。

「なにごともなく夜は乗り切れたようだな」

直之進は光右衛門を見た。

「はい。もしかしたら熱が出るかもしれない、と先生にはいわれていたんです。でも、おとっつあん、うなされることなくずっと寝ていました」

背後で人の気配がした。

「こちらでしたか」

おきくだ。

「ああ、ちょっと心配でな」

おきくが入ってきて、光右衛門の顔をのぞきこむ。安堵したように息をついた。視線を転じて、直之進を見る。

「朝餉ができました。召しあがってください。おれんちゃんも食べよ」

「助かった。もう我慢しきれんくらいぺこぺこなんだ」

おれんは動かない。

「私、食べたくないから、まだここにいるわ。食べたくなったら行くから」

「そう。わかったわ」

おきくも無理じいはしなかった。

台所横の部屋に、膳が置かれていた。その前に直之進は腰をおろした。

おかずは納豆にたくあん、梅干し、わかめの味噌汁というものだ。

さっそくおきくが飯をよそってくれた。炊き立ての飯からは湯気がほかほかとあがり、とてもうまそうだった。

箸を手にしたとき、いきなり腹の虫が鳴った。おきくが口に手を当て、笑った。

「なんともお恥ずかしい」

「仕方ありませんよ。昨日は結局、お食べになっていないんですから」

直之進は飯にかぶりついた。甘くてとてもうまい。梅干しもたくあんもおきくが漬けたもので、ご飯との相性はすばらしかった。

大ぶりの納豆も口のなかで豆がくにゃっと潰れると同時に旨みが出てきて、これも飯が進んだ。

結局、直之進は五杯の飯を食って朝餉を終えた。

「相変わらず、とても気持ちのいい食べっぷりですね」

「おきくちゃんの腕がいいからだ」

「そうおっしゃっていただけると、すごくうれしいです」

おきくが満面に笑みを浮かべる。

「しかし米田屋にあんなことがあって、この食欲というのも恥ずかしい気がするが」

「いえ、おとっつあんのことで食べられなくなるというのも、湯瀬さまらしくありませんから」

おきくはゆったりとした口調でいったが、すぐに気づいたように口許を引き締めた。

「昨夜はどうもありがとうございました。私、動転してしまって、お礼をいうのを忘れていました」

「お礼なんていい。この飯を食わせてくれただけで十分だ」

直之進はおきくがいれてくれた茶を飲んだ。

「でもおとっつあん、運がいいと思います」

おれんが静かにいった。

「もし昨日、私が湯瀬さまを夕餉に誘わなかったら、湯瀬さまはここにいらっしゃらなかったということになりますでしょ」

「ふむ、確かに」

そして、もし直之進が様子を見に行かなかったら、光右衛門はこの世にいない。それは、まずまちがいないことだ。

そういえば、と直之進は気づいた。

「おあきさんは来なかったようだな」

「ええ」

おきくがいかにも恥ずかしそうに下を向いた。どうして、とききたかったが、直之進は言葉をとめた。

おきくが顔をあげる。

「義兄さんがいなかったんです。それで姉さん、家をあけるわけにはいかないからって」

おきくの義兄は甚八《じんぱち》という。光右衛門によるとただの遊び人で、おあきというしっかり者と知り合い、一緒になったのは、暴走した大八車に轢かれそうになったおあきを助けたのが縁とのことだった。

「旦那には、実家に戻っています、という置き文をしておけばよかったのではないのか」

「私もそうするように勧めたんです。でも姉さん、帰ってきたとき私と祥吉がいないとあの人、かわいそうだからって……」

「そうか。今日は来るんだろうな」

「そう思いますけど」

五つをすぎた頃、富士太郎がやってきた。中間の珠吉を連れている。

「ああ、湯瀬さん、ご無沙汰しています。お会いできてうれしいですよ」

いつものなよっとした感じで挨拶する。

「ああ、こちらこそ」

そう答えた直之進の真横に富士太郎が正座する。

「旦那、そこじゃあ話をききにくいでしょう。正面に座ってください」

「そうかい。おいらはここのほうがいいんだけどねえ」

仕方なげに富士太郎が向かいにまわる。

「事情をおきかせ願えますか」

そこだけは同心らしく、はっきりとした口調でいった。

昨夜の状況を、直之進はできるだけつまびらかに伝えた。

「襲ってきた男は、紛れもなく侍だと思う。かなり遣えるのは確かだ」

「そうですか。湯瀬さまだからこそ、米田屋さんを助けることができたということでしょうね。さすがです」

「いや、たまたまだ」

「ご謙遜ですね。ところで、襲ってきた者はれっきとした家中の士ですか、それとも浪人ですか」

「そこまではわからんな。着ているものはさしていいものではないように思えたが、それも夜のことだから」

「そうですか」

富士太郎は茶を持ってきたおきくに視線を当てた。

「おとっつあんが襲われたことに、なにか心当たりはあるかい」

「いえ、なにも」

おきくが小さな声で答える。

「前にあんなことがあって、おとっつあんも人にうらみを買うことがないように気をつけていたはずですから」

「又七のことだね」

それをきいて、直之進は思いだしたことがあった。

昨日来てくれた医師の堅順は、光右衛門の傷は一月で治るといったが、この前、又七の雇ったあの殺し屋に光右衛門が足を斬られたときも、同じように一月といった。本当は十日ばかりの傷にすぎなかったのだが、それは直之進を是非この店の婿にと狙っている光右衛門に、直之進を口入屋の仕事に慣れさせようという目論見があったからだ。

堅順と光右衛門。まさか今回も口裏を合わせているというようなことはあるだろうか。

いや、それはまずあるまい、と直之進は思った。なにしろあれだけの出血だったのだ。昨夜の光右衛門に、そこまでやれる余裕があったはずがない。

富士太郎が湯飲みを取りあげた。

「おとっつあんに会えるかい」

「ええ、大丈夫だと思います。顔色もさして悪くないようですし」

「もう起きているかい」

「ええ。どうぞ」

おきくにいざなわれ、富士太郎が光右衛門の寝間に入る。直之進もうしろに続いた。

枕元におれんが座っている。その姿がずいぶん小さく見えた。

おれんが、入ってきた富士太郎と珠吉に頭を下げ、体をずらした。

おきくのいう通り、光右衛門は一月の療養が必要な怪我人には見えない。また堅順と口裏を合わせたのではあるまいな、と直之進はなんとなく思った。

光右衛門は起きられない。目だけはあいているが、近づくにつれ直之進には目の下のくまがくっきりと見えてきた。

それはやはり重い怪我人のものだった。

「大丈夫かい。話ができるかい」

枕元に座った富士太郎がたずねる。

「ええ、大丈夫ですよ」

光右衛門が、痰がつまったようなしわがれ声で答える。

「なんでもきいてください」

「それじゃあ、お言葉に甘えることにするよ」

富士太郎は、おきくにきいたことを光右衛門にも問うた。

手前には、と光右衛門はいった。

「襲われるような心当たりはありません」

だが、すぐに考えこむような表情を見せた。

「いや、もしかしたら……」

「もしかしたら、なんだい」

富士太郎がやさしくきく。

「いえ、あの、同業の寄合のせいかもしれません。ちょっといいすぎました」

「どういうことだい」

光右衛門が寄合の詳細を語った。

「おとっつあん」

おきくが怒りに満ちた声をだした。

「どうしてわざわざそんなうらみを買うようなことをするの」

「おきくちゃん」

おれんがたしなめる。

「おとっつあんを怒らないで。おとっつあんも後悔してるんだろうから」

おれんにいわれておきくは、そうね、と矛をおさめた。

「その寄合に出ていた者の顔ぶれを教えてくれるかい」

「いうと、行かれるんですよね？」

光右衛門が気がかりそうにいう。

「そうだけど、同業の人たちには迷惑をかけないようにするよ。安心しておくれ」

「わかりました。お願いいたします」

そういって米田屋が同業者の名をあげはじめた。富士太郎は矢立《やたて》を取りだし、次々に書き取ってゆく。

「とりあえず今日はこれで引きあげるよ。探索の結果はまた話に来るから」

富士太郎は光右衛門の寝間を出た。

「湯瀬さんはこれからどうするんですか」

廊下を歩きながらきいてきた。

「今日はここにいるつもりだ。離れんほうがいいだろう」

「そうでしょうね」

店を出た富士太郎と珠吉を見送って、直之進は奥に戻った。

三

「今日、店はどうするんだ」

直之進は、光右衛門の寝間にいるおきく、おれんにたずねた。

光右衛門は寝ているようで、目を閉じている。軽く寝息がきこえた。

「二人で看病に当たるつもりでいます。店はしばらく閉めることになるでしょう」

「そうか」

「湯瀬さまはどうされます。お帰りになりますか」

直之進は、富士太郎に告げたのと同じ言葉を二人に伝えた。

「そうですか。ありがとうございます」

二人は顔を輝かせて喜んだ。

「湯瀬さま、お心づかい、ありがとうございます」

そういったのは光右衛門だ。いつしか目をあけていた。

「なんだ、起きていたのか」

「湯瀬さまの声で目が覚めたんでございますよ。大きいですから」

「それをいうのなら、響きがいいといってもらいたいな」

「はあ、そういうことにしておきましょう」

直之進は光右衛門ににじり寄った。

「樺山どのもきいたが、米田屋、本当に心当たりはないのか」

「はい、ございません」

「よく考えろ。又七のときもおぬし、同じことを申していたぞ」

「そういわれますと、返す言葉もございません。でも、本当にないんでございますよ」

光右衛門は表情に陰をつくった。

その顔を見る限り、本当になんの心当たりもないようだ。そのことに、心からの怖さを感じてもいるようだ。

「しかし、よく襲われる男だな」

光右衛門を元気づける意味で、直之進はあえて口にした。

「本当ですよね」

光右衛門が小さく笑ったが、すぐに、いてて、と顔をしかめた。

「大丈夫、おとっつあん」

おきく、おれんがのぞきこむ。

「ああ、大丈夫だ。ちょっと油断しちまった。笑うと傷にこたえる」

光右衛門が真顔になった。

「湯瀬さま、今日一日いてくださるそうですが、徳左衛門さんのほうはどうされます。行かないわけにはいかないんじゃないですか。なんといっても仕事ですから」

「今日は断るしかあるまい」

「そうでございますか。でも徳左衛門さんも楽しみにしているでしょうし」

「今は将棋よりおぬしのほうが大事だ」

直之進がいうと、光右衛門が顔をくしゃくしゃにした。

「うれしいお言葉ですねえ」

頬を伝う涙を見られたくないようで、光右衛門が布団をかぶった。

店先で、おーい、という声がした。

「あれは琢ノ介ではないか」

立ちあがろうとするおきくを制して、直之進は廊下を歩いた。

「おう、直之進」

琢ノ介が廊下をまっすぐこちらにやってくるところだった。

「米田屋のやつ、襲われたんだってな。生きているか」

戦場でつかうような胴間声だ。

「自分で確かめたらよかろう」

そうさせてもらう、と琢ノ介が光右衛門の寝間の襖をひらいた。

どかりとあぐらをかく。そのうしろに直之進は正座した。

「生きていたか、米田屋」

顔を近づけ、怒鳴るようにいう。

「そんなに顔を寄せないでください。唾も飛びますし。——ええ、あのくらいではくたばりはしませんよ。ご安心ください」

「ああ、そうだ」

考えがひらめいた直之進はうしろから声をかけた。

「米田屋、琢ノ介に行ってもらう、というのはどうだ」

「ああ、それはいいですねえ」

「なんの話だ」

琢ノ介が振り返る。

直之進は徳左衛門のことを伝えた。

「なんだ、そのようなことか。しかしさすが直之進だ、わしに頼むなんざ目が高いな」

琢ノ介がどんと胸を叩く。

「お安い御用だ。ふむ、さっそく行ってこよう」


直之進は一日中、米田屋にいた。

光右衛門の身を狙って、何者かが押し入ってくるようなことはなかった。

夕刻近くになって、ようやくおあきと甚八、祥吉がやってきた。

「おとっつあん、大丈夫」

ちょうど光右衛門は、目を覚ましたところだった。

枕元に正座したおあきは目に一杯の涙をためている。おあきたちが来たことで、おきく、おれんも寝間に姿を見せた。

「大丈夫さ。くたばりはしないよ」

光右衛門がおあきを安心させるようにいい、孫の顔を見つめる。

「祥吉。元気か」

「うん、元気だよ」

直之進が見る限りでも、祥吉の顔に暗さはない。

五歳の子供が次々にかどわかされるという事件があったとき、祥吉もそのなかの一人にされた。危うく五つの若さで死ぬところだったが、間一髪、直之進が助けた。
今、祥吉はあの事件のことなど、あったことすら覚えていないような顔をして
いる。心に深い傷を負っているようには見えず、そのことに直之進は安堵の気持
ちを抱いた。
おあきの亭主の甚八は、座敷の敷居際に右足を投げだして座り、苛立ったよう
な顔をして光右衛門のほうを見ている。
足を投げだしているのは、おあきを大八車の暴走から助けだしたとき、身代わ
りに怪我を負ったからだ。
しかしこの男は相変わらずだな、と直之進は思った。祥吉の行方がわからなく
なったとき、足のことを忘れたかのように必死に捜しまわったが、人らしい気持
ちが心にわき起こったのはあのときだけのようだ。
苛立っている様子なのも、一刻もはやく光右衛門から金だけせしめて帰りたい
からにちがいない。
その気持ちを感じ取ったか、光右衛門がおれんを枕元に呼び、財布を持ってく
るように命じた。

その言葉をきいて、甚八が顔を輝かせる。やった、という表情だ。

昨夜、甚八が家にいなかったというのは、賭場にでも行っていたからだろう。そして、すっからかんになって帰ってきたのだ。

おそらく今夜も光右衛門からもらった金で、性懲りもなくまた出かけるのだろう。

直之進としては意見をしたかったが、光右衛門たちが黙っている以上、口をはさむことではなかった。

光右衛門が財布から二両ほどをだし、おあきに渡した。

「いつもすみません」

「いや、いいんだ」

「おあき、帰るぜ」

甚八がせかす。

「でも、来たばかりじゃないの」

「俺らがついていたからって、傷の治りがはやくなるわけでもなかろうぜ。なあ、とっつあん」

光右衛門は無視した。ちっ、と甚八が舌打ちする。

「帰るぜ、おあき」

「でも」

「いいよ、帰りなさい」

光右衛門が娘にやさしくいった。甚八がとっとと座敷を出てゆく。

「祥吉も元気でな。また遊びにおいで」

「うん、おじいちゃん、また来るよ」

「じゃあ、これで」

おあきがていねいに頭を下げてから、立ちあがった。

「おとっつあんのこと、お願いね」

二人の妹に頼んでおいてから、祥吉の手を引いて座敷を出ていった。

「湯瀬さま、ご不満そうなお顔でございますね」

「あれでいいのか」

光右衛門はため息をつきたげな表情だ。

「ほかにしようがないものですから」

おあきたちと入れ替わるように、琢ノ介が戻ってきた。廊下をずいぶんと早足で歩いてきた。

「直之進、はかったな」

直之進がいる座敷の襖をひらくや、いった。廊下をはさんだ部屋で寝ている光右衛門のことを慮ってか、小声だ。

「なんのことだ」

静かに目の前に腰をおろした。

「あの徳左衛門という年寄り、とてつもなく強いではないか」

「いってなかったか」

「きいておらんぞ」

「しかし徳左衛門どのが強いことに、おぬし、どうして腹を立てる」

直之進は即座にさとった。

「賭けたな」

「賭けんと将棋はつまらんからな」

「ということは負けたんだな。なら自業自得ではないか」

「そういわれりゃ、その通りなんだが」

琢ノ介がぼりぼりと鬢をかく。

「くそっ、年寄りだからってなめたのがまずかった」

悔しげに畳を叩く。

「いくら負けたんだ」

琢ノ介が唇を嚙む。

「二分も巻きあげられた」

「そんなにか」

「おうよ。一回負けるたびに一朱取られたんだからな。すっからかんだ」

ということは、と直之進は頭で計算した。

「八戦全敗か」

しみじみと琢ノ介を見る。

「おぬし、本当に弱いんだな」

「うるさい、ほっとけ」

四

夜が明け、また一日がはじまった。

朝日の射しこむなか、直之進はおきくとおれんがつくった朝餉を食した。

今日も納豆がついている。直之進の好物であるのを知って、おきくがだしてくれているようだ。

「おい直之進、今日はおまえが行けよ」

「なんのことだ」

向かいで箸をつかっている琢ノ介に視線を当てた。

「あの年寄りのところだ」

直之進は箸を置いた。おきくもおれんも案じ顔をしている。

「俺は米田屋を守らんといかん」

「そちらはわしがやる」

直之進は眉根を寄せた。

「なんだ、その顔は。わしに米田屋の警護がつとまらんとでもいうのか」

直之進は、光右衛門を襲ったあの侍の腕を思い起こした。以前、木刀で立ち合ったことのある琢ノ介の腕も思いだす。

「ふむ、よかろう」

琢ノ介ほどの腕があるなら、よほど不意を衝かれない限り、大丈夫だ。

「おぬしにまかせる。ただし、油断は決してするな」

「わかっている。まかしておけ」

直之進はふと思いだした。

「おぬし、普請場の警護のほうはどうするんだ」

「ああ、あっちはもう終わった。犯人がつかまったんだ」

琢ノ介によれば、普請場の近くに住む女房が犯人とのことだ。夫婦喧嘩するたびに、各所に火をつけていた。むしゃくしゃするのが火を見ると、すっとおさまったという。

「その女房はどうなるんだ」

「なんだ、そんなのも知らんのか。当然、火刑に処されるんだ」

火刑。沼里にいたとき、一度見たことがある。思っていた以上に悲惨さを感じなかったのは、火をかけられる前に罪人は刃物によって命を絶たれているのがわかったからだ。

「湯瀬さま、大丈夫なんですか」

我慢できなかったようにおきくが口をはさんできた。

「なんだ、わしでは不満か」

琢ノ介が口をとがらせる。

「不満ということはないですけど……」

「でも不安、という顔だぞ」

「不安です」

「はっきりいうな」

「おきくちゃん、大丈夫だ」

直之進は請け合った。

「この平川琢ノ介という男は、顔はふにゃけているが、いざというときは頼りになる。以前、殺し屋に襲われたとき、琢ノ介がもし駆けつけてくれなかったら、俺や米田屋はまちがいなく殺されていた」

「そういうことだ。だからおきく、案ずるな。大船に乗った気でいろとまではいわんが、もしまた襲ってきたら、必ずわしがとっつかまえてやる」

「わかりました。そこまでおっしゃるのなら、信用します」

おきくがしぶしぶ了承した。おれんも静かにうなずく。

廊下をはさんだ向こうから光右衛門の声がした。

「俺を呼んでいるようだな」

直之進は立ち、光右衛門の寝間に入った。

「なんだ、どうした。眠っていたのではないのか」

「お頼みしたいことがあるのです」

「きこう」

「また得意先まわりをお願いしたいのでございますよ」

又七が雇った殺し屋に襲われ、傷を負った光右衛門の代わりに直之進はほんのわずかな期日だったが、得意先まわりをしたことがある。

そのときの充足した思いが、子供の頃の夏の思い出のように輝きを帯びてよみがえってきた。

「そのついでといってはなんですが、もちろんご内儀を捜されてもけっこうです」

「いや、だが、徳左衛門どののもとに行かなければならん」

「ああ、そちらがございましたな」

「かまわんよ、直之進、米田屋の役に立ってやれ」

うしろから琢ノ介がいった。

直之進は振り向いた。

「なにをいっているんだ」

「わしが徳左衛門どのの相手をしてやる、といっているんだ」

「米田屋の警護はどうする」

直之進がきくと、琢ノ介がそれはまかせておけ、と笑った。

「あの年寄りにここに来てもらうんだ。今日はきっと返り討ちにしてやる。二分、取られっ放しではわしの気がすまん」

「そうか。それなら言葉に甘えさせてもらおう」

徳左衛門に来てもらうというのはいい手だな、と直之進は考えた。徳左衛門は腕が立つ。ただで用心棒が一人増えるようなものだ。

「それなら俺が呼んでこよう」

直之進は徳左衛門のもとに行き、米田屋まで来ていただきたい、と頼みこんだ。

よかろう。徳左衛門は快諾してくれた。

「あと半刻ほどしたら、米田屋さんに行くことにするよ」

米田屋に戻り、直之進は光右衛門に顚末を説明した。

「そうですか、それはよかった」

光右衛門は喜んでくれた。その笑顔を見て、直之進もうれしくなった。

そこに客がいるのに気づいた。

「こちらは?」

おきくが笑いかける。

「湯瀬さまのために来ていただいたんです」

「俺のために?」

「絵師だよ」

横から琢ノ介が口をだした。

「絵師? どうして」

「絵を描いてもらうに決まっているだろう」

「誰の絵を」

「直之進、おまえ、そんなに頭のめぐりが悪かったか」

直之進は少し考えた。

「千勢のか」

「そうさ。人相書があったほうが捜しやすいだろうが」

その通りだった。千勢は絵が達者だったが、直之進は絵心というものが欠落して生まれてきたような男で、人相書などこれまで一度たりとも考えなかった。

「そうか、その手があったな」

「そうさ。今からこの絵師どのが千勢どのの特徴をきいてゆくから、一所懸命に答えるんだぞ。いいな」

琢ノ介が子供にいいきかせるような口調でいった。

絵師は、源沢《げんたく》と名乗った。よろしく頼みます、と直之進は頭を下げた。

直之進は源沢に問われるままに千勢の特徴をあげていった。

口にしてゆくたびに、目の前に千勢がいるかのような錯覚にとらわれた。そのことをまわりにいる琢ノ介やおきく、おれんにさとられるのが怖く、常になにげない表情をしているのに力がいった。

およそ半刻ほどかかって人相書は完成した。

「きれいな人」

おきくがつぶやく。おれんが横で深くうなずいた。

「いい女だな」

琢ノ介が人相書から目をあげた。

「直之進、おまえ、こんないい女に逃げられたのか。ふむ、やはり男が絡んでいるのはまちがいないな」

「ちょっと平川さま、なんてことをおっしゃるんです」

おきくが強く責める。

「すまん、いいすぎた」

琢ノ介があっさり謝る。

直之進は首を振った。

「かまわん。俺もこの絵を見て、そうではないか、とあらためて思ったところだ」

五

うしろからあわただしい足音がした。

富士太郎が振り返ると、奉行所の小者が走ってくるところだった。

「なにかあったのかね」

富士太郎は珠吉にいった。

「かもしれませんねえ」

小者は土埃をあげて、立ちどまった。はあはあ、と荒い息を吐く。

「ご苦労さんだね」

富士太郎は小者の背中をさすってやった。

「ああ、ありがとうございます」

まだ十八、九と思える小者はあわててあとじさった。

「なんだい、まだ息が荒いじゃないか。もっとさすってあげるよ。遠慮などいらないよ」

「いえ、けっこうです」

小者の目にはおびえの色がある。

「旦那、しつこくしないほうがいいですよ」

珠吉が諭す。

「そうかい。——なにかあったのかい」

富士太郎は小者に目を向けた。

「あの、身元がわかったんです。この前、刺し殺された仏さんのです」

「ああ、そうか。そいつはよかった。どこの人だったんだい」

「今、ご案内します」

小者の背を見て、富士太郎は珠吉とともに歩きだした。さっき会ってきたばかりの光右衛門のほうは気になるが、死んだわけではない。今は、殺された女のほうに力を入れるときだった。

「こちらです」

着いたのは市ヶ谷長延寺《ちょうえんじ》谷町だ。武家屋敷に取り囲まれたような町で、道をはさんで市ヶ谷上寺町とわずかに境を接している。

自身番で町役人が五名、顔をそろえて待っていた。

「ご苦労さまです」

「身元がわかったそうだね。話をきかせてくれるかい」

富士太郎は畳の縁に腰かけた。そんなところではなくこちらへ、といわれたが固辞した。小者は、ではこれで、と去っていった。

まだ年若い町役人が語りだした。

「ええ、おとといの夜から行方が知れなくなっている女がいるとの届けがあったんです。それをききますと、この前、殺されたおなごと人相が合っているような気がしたものですから」

「では、まだ身元がわかったというほどのものではないんだね」

「はあ、申しわけございません」

「いや、いいよ。こういう知らせはとても大切だからね、次もまた頼むよ」

富士太郎は珠吉を連れて、自身番に届けをだしたという飲み屋へ向かった。

いかにも門前町にあるのがふさわしいような怪しげな飲み屋だ。

少なくとも、ふつうの煮売り酒屋ではない。入口は極端に小さく、あいている戸口から見えるなかはとてもせまい。

小さな樽が腰かけ用として五つばかり置かれている。右手に厨房らしきものがあり、一升徳利が並べられていた。

すぐ奥に二階にあがる階段がつけられており、上で女に春をひさがせる、どうもそんな感じの店だった。

珠吉がなかに声をかけた。

はーい、という女の返事があり、音を立てて女が階段をおりてきた。

着物は崩れ、化粧もろくにしていないせいもあって、顔は見るに耐えない。ちらほらと白髪が見えるところから、かなり歳はいっているのだろう。

「ああ、お役人、よくいらしてくれました」

酒でやられたようにがらがらとした声で女がいって、頭を下げた。この女はどうやら女将《おかみ》のようだ。

「なかへどうぞ」

女将に招じ入れられ、富士太郎はなかを見渡しながら樽の一つに尻を置いた。むっとするような酒のにおい、それにもどしたような臭気、さらには脂粉のにおいも混じって、息がつまった。

はやいところ出たくてたまらなくなったが、富士太郎は我慢した。横にいる珠吉が平然としているのに気づいたからだ。

「いなくなった女がいるときいたけど？」

女将は厨房に入っている。ここにいると、いかにも落ち着くといいたげな風情だ。

ゆっくりと首を縦に振った。

「そうなんです。おみくちゃんというんですけど」

「いなくなったのはいつ」

「おとといです。夜に来るはずだったのにあらわれなかったんです」

「おみくという娘《こ》には、そういうことはこれまでなかったのかい」

「ほかの娘はずる休みはいくらでもしますけど、おみくちゃんはまじめで仕事には休まず出てきていました」

「ここでの仕事というと？」

女将がにんまり笑った。

「それはきかないでくださいましな。お頼みいたします」

「よかろう」

富士太郎は素っ気なく応じた。

「女将、ちょっと一緒に来てもらうぞ」

「あの、どちらへ」

「自身番だ」

珠吉が伝えた。

「そこのですか」

「ちがう。近いけどな。そこに仏を置いてもらっているんだ」

「仏って……」

「おみくらしい女が死骸で見つかっているんだ」

富士太郎たちが女将を連れていったのは、牛込白銀町の自身番だ。

ここの土間に、これまでずっと女の死骸は横たえられてきた。

身元がわかったかもしれないよ、と富士太郎がいうと、五名の町役人はどよめくような安堵の息を漏らした。

土間に入ったとき、富士太郎は顔をしかめかけた。さすがににおいはじめている。線香が盛大に焚かれているが、それでもにおいは隠しようがない。

「これだよ、見てくれるかい」

富士太郎は莚《むしろ》をはいだ。

「おみくです」

女将は一目見て断言した。

「そうかい。まちがいないんだね」

女将は涙を浮かべている。

「はい、まちがいございません」

がらがら声が湿ったものに変わっている。袖で顔を覆い、涙をぬぐった。

「おみくちゃん、どうしてこんなことに」

かがみこんで顔をのぞきこんだが、そのあとの言葉は続かなかった。

富士太郎は、町役人に荷車を貸してくれるように依頼した。

「それからもう少し莚がいるね。あと、若い男を二人ばかり貸してくれないか」

重ねた莚をかけられたおみくの死骸を乗せた荷車を、町の若者二人に引いてもらった。おみくの死骸は無事、市ヶ谷長延寺谷町に戻ってきた。

死骸は飲み屋の土間に置かれた。女将が棺桶を手配し、すぐに届けられた。おみくが入れられる。

「はやく家族に知らせないと。それから、和尚さんに来てもらってお経をあげてもらいます」

「そうだね」

富士太郎はうなずいた。

「だが、その前に話をきかせてほしいね」

わかりました、と女将は殊勝に答えた。

「おみくは男に殺されたのではないか、とにらんでいる。おみくに男は？」

「ええ、いたと思います」

「名を知っているかい」

「いえ」

「店の客ではないのかい」

「はい、そうだと思います」

「女将、名を知っているんだろう。迷惑がかかるのをいやがっているようだが、それではおみくは成仏できないよ」

「……そうですよね」

力なくいう。

「お客さんは、このあたりのお坊さんがほとんどなんです。ですから、旦那が話をきくのは無理だと思うんです。それに、皆さんとはうまくいっていたんです。それは店をやっている私にはよくわかります。おみくは、明るくてうらみを買うようなたちではありませんでしたから」

女将は棺桶に目を向けた。

「お客さんたちとなにかいさかいを抱えているというような話も、まったくきいてないんですよ。なにかあれば、私の耳に必ず入ったはずなんです」

「この店は何人か女を置いているんだね。おみくと親しかった者は？」

「はい、一人おります」

「名は？」

「おまちといいます。でも、まだ来ていません。夕方には来ますけど」

住みかは近くの長屋とのことだ。道を教えてもらい、富士太郎と珠吉は訪ねた。

江戸のどこにでもある長屋だった。それぞれ六つの店が、下水が激しくにおう路地をはさんで向き合っている。路地の突き当たりには井戸があり、その先には厠が建っている。

涼しい風が路地を吹き渡ってゆき、いっとき臭気を払っていった。

富士太郎は、左側の五つ目の店の前に立った。珠吉が障子戸に声を投げる。

「はい、ちょっと待ってくださいねえ」

甘ったれたような声が返ってきた。路地を一、二度、さらに風が吹き抜けたのち、障子戸がひらいた。

「お待たせしました」

女は今さっきまで寝ていたような腫れぼったい目をしているが、顔の化粧はちゃんとしている。今、施したばかりのようだ。

「あら、お役人」

驚いている。

「あたしはお客かと思っちゃいましたよ」

この様子ではよく引きこんでいるのだろう。

「おまちさんかい」

珠吉が問う。

「はい、そうですけど」

おまちはどうして町方役人がやってきたのかさとったらしい。真剣な表情をつくった。

「おみくちゃんのことでなにか」

珠吉が淡々と事実を告げた。

「ええっ、まちがいないんですか」

「ああ、まちがいない」

おまちは土間に泣き崩れた。

富士太郎と珠吉は、声をかけることなくおまちの気持ちが落ち着くのを待った。

しばらくしておまちがよろよろと立ちあがった。ようやく歩きはじめた赤子のような心許なさがその動きにはある。

「大丈夫かい」

富士太郎は危なっかしくて見ていられず、思わず声をだした。

「はい、ご親切にありがとうございます。もう大丈夫です」

背筋はしゃんとし、瞳には力が戻っている。

「じゃあ、さっそくきくけど、いいかい」

「はい。あ、こんなところではなんですから、なかにどうぞ」

長屋の他の住人が障子戸をあけて、興味深げな目で見ている。

富士太郎と珠吉はなかに入った。

四畳半一間の部屋だが、きれいに片づいている。布団はきっちりとたたまれ、行灯や火鉢、鏡台などはおさまるべきところにすべておさまっているという感じがある。

おまちという女の几帳面さが、よくあらわれていた。

あがり框に富士太郎は腰かけ、珠吉は土間に立った。

「あの、あがってください」

「いや、いいよ、ここで」

富士太郎は手をあげて制した。

「そうですか。――あ、今、お茶をいれますから」

「それもいいよ。話をきかせてくれるかい」

「はい、わかりました」

おまちは膝をそろえてきっちり正座した。

「なんでもきいてください」

「それじゃあ、きくよ」

まず富士太郎はどういう形でおみくが殺されたか、状況を語った。

それだけで、おまちは目から涙をあふれさせた。すみません、と必死に涙をぬぐう。気丈に顔をあげた。

そんな様子を見て、富士太郎は痛ましい思いになった。うしろで珠吉も同じ思いをしているはずだ。

富士太郎は冷静に問いを発した。

「殺したのはおそらく男じゃないか、とにらんでいる。そうだとして、なじみの男がおみくにいたのかい」

「はい、たくさんいました」

「何人くらいだい」

「なじみの人は、十数名だと思いますけど。あと一見さんももちろんいました」

「そうか。でも一見さんはとりあえずいい。なじみ客で、おみくといさかいがあったというような者はいないかい」

「いえ、おみくちゃん、客あしらいがとても上手で、そういうのは本当になかったんです。お客を気持ちよく送りだすすべを心得ているというか」

「そうかい」

「ただ、あたしもすべてのお客を知っているわけじゃないんです。たいてい店のなかで商売をしてはいるんですけど、外に出ることも少なくはないですから」

「それは、あの店から客と一緒に出てゆくってことかい」

「そうです。そうすることで、店にもお金が落ちるものですから」

つまり、待ち合わせの場所としてつかわせる代金を店は取っているというわけだろう。

富士太郎は一つうなずいてから続けた。

「外に出るのはどうしてだい」

「あの、それはやはりせま苦しい店で、隣の部屋の声が筒抜けなんです。それをきらって、というお客が多いんです」

「外に出たとき、決まった店があるのかい」

「はい、あります。店が決めているんではなくて、私たち自身で見つけてくるんです」

「おみくにも当然、そういう店はあったわけだね」

「はい、山科《やましな》という店をいつもつかっていました。出合茶屋です」

どこにあるのかもおまちは教えてくれた。

「でも、おまちちゃん、殺されたと思える日、おみくは店に来ていなかったんだよね。おみくが客と勝手に外で会っていた、なんてことは考えられるかい」

「それはありません」

おまちは即座にいいきった。

「おみくちゃん、女将さんになついていましたから、女将さんを裏切るような真似は決してしなかったはずなんです」

「そうかい。さっきこの珠吉が話したけど、おみくは男に刺されたようなんだ。おまちちゃんの言葉を信じれば、おみくが会っていた男というのはまず店の客じゃないということになるね。おみくにはなじみ以外に男がいなかったかい」

おまちは考えこんだ。

「ああ、そういえばおみくちゃん」

顔をあげていった。

「以前、一緒に飲んだとき、もうじきお店をやめることになるわ、といってました。あたしはどうして、ってきいたんですけど、おみくちゃん、ただ笑うだけだったんです。ただ、そのときの笑顔、とてもかわいらしくて、ああ、誰かと一緒になるんだな、とあたしは思いました。ねえ、そうなの、ってあたしはおみくちゃんにききました」

「そしたら？」

「おみくちゃん、そうかもね、とだけいいました」

「それをきいて、一緒になる、とおまちちゃんは思ったかい」

「ええ、あたしはそういうふうに受け取りましたけど……」

「その男について、おみくがなにかいっていたことはないかい」

「いえ、それ以上のことは話したことはありません」

富士太郎と珠吉はおまちの長屋を出た。

「一緒になるか」

長屋の木戸をくぐり抜けて、富士太郎はつぶやいた。

「男にその気はなかったということかな」

「かもしれませんねえ」

珠吉が同意し、続ける。

「それで、邪魔になったから殺した」

六

身支度をととのえ、最後に短刀を胸に差し入れる。

それだけで千勢は身が引き締まった思いになった。

外に出た。まぶしい陽射しに包まれる。今日は奉公先の料永が休みだ。たっぷりとときはある。

路地にいた長屋の女房衆に挨拶する。

「お出かけ？」

「ええ、捜しに行ってきます」

「見つかるといいね」

「いい知らせを待ってるよ」

「がんばってね」

女房たちが明るくいってくれる。

「ありがとう。行ってきます」

千勢は気持ちよく長屋の木戸を出ることができた。

懐に手を差し入れ、人相書を取りだす。これは自分で書いたものだ。子供の頃から絵は達者だった。

ただし、一度見た顔でしかない。それでも、明瞭に覚えている。忘れるはずがなかった。

刻限は五つすぎだろう。歩きはじめてすぐに雲が日にかかり、町は夕闇でもおりてきたかのような暗さに包まれた。

あの日もこんな曇り空だった、と千勢は思った。

八ヶ月ほど前、千勢はまだ沼里にいた。直之進との暮らしを営んでいたのだ。

もしあのとき、と千勢は歩きながら思った。供を一人連れて買い物に出て、思いついて実家の菩提寺にお参りをしようなどと考えなかったら、運命はちがったものになっただろうか。

菩提寺は妙旦寺《みようたんじ》といい、そこには先祖代々の霊が眠っている。千勢の父とすぐ上の兄の墓もあった。

妙旦寺には宿坊もあり、沼里ではかなりの広さを誇る寺だ。

供には山門で待っているようにいい置いて、千勢は一人、まっすぐ本堂に続く石畳を歩きだした。

寺男にいって花を買い、閼伽桶《あかおけ》に柄杓を貸してもらった。

墓地に入り、父と兄の墓の前に立った。花を手向け、墓石に水をかけた。まわりの草を手でむしってやると、父と兄の笑顔が浮かんできた。とても喜んでくれているようで、千勢の頬からも笑みがこぼれた。

また来ます、といって墓を離れた。閼伽桶と柄杓を返し、山門に足を向けかけた。

だが、もう少しこの寺にいたい、という気持ちを抑えられなかった。

千勢は境内の散策をはじめた。歩いているうちになつかしさで胸が一杯になった。

考えてみれば、この寺に来たのは半年ぶりだった。

足を運び続けているうち、せつない気持ちがこみあげてきた。その気持ちのあまりの重さに、いつしか足がとまっていた。

千勢は空を見あげた。さっきまで太陽が輝いていたはずの空は雲が一杯で、今にも雨が降りだしそうに見えた。

どうしよう、帰ろうか。

千勢は迷った。だが自然に足は動きだしていた。

千勢は追われるようにして足をはやめた。

やってきたのは、本堂からかなり奥へ入った林のなかだ。

千勢は一本のぶなの木を見あげた。以前と変わらないとても太い幹だった。

ここだった。ここで一度だけ逢い引きをした。ただ、お互い見つめ合って手を握り合っただけだ。

それだけで気持ちが通じた気がした。この人の妻になるのだ、と思ったものだった。

そんな感傷にひたっていたとき、千勢は異様な気合が胸に届いたような気がした。

なんだろう、今のは。

どうやら林の奥のほうだ。

千勢は木々のあいだを縫って、静かに歩いていった。

竹藪の手前で歩みをとめた。

竹藪の向こうに男がいた。

男は一人、こちらに背中を向ける形で剣を振るっていた。十間以上もへだてていたが、その背からは鬼気迫る迫力がほとばしるように出ており、その圧倒される気迫の前に、千勢は知らぬ間に体を震わせていた。

とんでもないものを見てしまったのではないか。そんな思いが心に居座った。

それにしても何者だろう。沼里の者ではないように思える。

宿坊に泊まっている者だろうか。とにかく、すごい遣い手であるのはまちがいない。

不意に男が剣を持つ手をとめ、振り返った。鋭く光る瞳が千勢を撃った。すぐにかがんだが、さとられた、と千勢は思った。

そっと顔をあげ、男のほうを見たとき、男の姿はそこになかった。

千勢は追われるような思いで、山門まで戻った。振り返ったが、うしろには誰もいなかった。

不意に雲が切れて太陽が顔をのぞかせ、千勢はうつつに引き戻された。江戸の町は先ほどまでの明るさを取り戻した。

千勢は急に立ちどまった。うしろを歩いていた物売りの男が、危ねえなあ、とつぶやいて追い越してゆく。

ごめんなさい。千勢は謝った。そして再び歩きだした。

あの竹藪の向こうにいた男。

あの男だ。決してまちがってはいない。ほかに誰がいるというのだ。

千勢は人相書に目を落とした。自分の目は正しい。一瞬だけ見た顔だが、正確に描写できている。

千勢は人相書を手に、町をめぐり歩いた。

しかし誰もが、この人は知らないなあ、見たことない顔ですねえ、というばかりだった。

あなたみたいなきれいな人を捨てるなんて、と興味深げな視線を向けてくる者も多かった。

「なんなら旦那捜しなどもうやめたら。あんたほどの器量なら、すぐにいい旦那が見つかるよ」

これも毎度のことで、もう慣れた。江戸には好色な者が相当多いようだ。

それでも、なにも手がかりを得られないというのはさすがに疲れる。

千勢は懐から匂い袋を取りだし、香りを嗅いだ。それで、少しは疲れが取れたような気がした。

その後、足が動かなくなるまで歩きまわった。日もすでに暮れはじめており、行きかう人の顔も見わけがたくなっている。

一度、蕎麦屋に入って昼食をとったのみだったので、空腹も募ってきている。秋のことだけに、暗くなるのはすぐだ。提灯も持っていない。

今日はここまでにしよう。

千勢はそう決意して長屋に帰ろうとした。

ふと横顔に視線を感じたように思い、そちらに目を向けた。

そこに、こちらを見ているような者はいなかった。

それでも不審な感じを覚えて、千勢はまわりを見渡した。やはりどこにも自分を見ている者などいなかった。

勘ちがいだろうか。

千勢は再び歩きだした。

そうとは割りきれないものを感じている。

七

直之進は、千勢の人相書にあらためて目を落とした。

絵師というのはすごいものだな、と感じ入った。

本当にそっくりだ。これなら一度でも千勢を目にしたことがある者なら、なんのためらいもなく、見たことありますよ、といえるはずだ。

もう一度じっくりと見つめてから、直之進は人相書をていねいに折りたたみ、懐にしまい入れた。

よし、と自らに気合を入れて町をめぐりはじめた。とりあえず、これまで米田屋とつき合いのある店をまわることに決めている。

これらの店は、光右衛門が汗水垂らして築きあげてきたものだ。その数のおびただしさに、光右衛門のこの商売に懸ける真摯な気持ちが伝わってくる。

得意先の誰もが、直之進の復帰を喜んでくれた。

「湯瀬さま、ご無沙汰しておりました」

「またお顔を拝見できて、とてもうれしゅうございますよ」

「米田屋さんの代わりでございますか。ずっとおやりになればよろしいのに」

そんな言葉を次々にかけられて、直之進もやる気が出た。

むろん、光右衛門が襲われたことについてきくのも忘れない。ほとんどの者が光右衛門が襲われたことを知ってはいた。だが誰もが、いや本当に驚きましたよ、というか、いったい誰がそんな馬鹿な真似をしたのでしょう、と憤るばかりで、何者が光右衛門を狙ったのか、心当たりを持つ者は一人としていなかった。

光右衛門は確かに狸親父だが、もともと人には好かれるたちで、うらみを持たれるような人ではないはず、と得意先の者たちは口をそろえた。

それには直之進も同感だった。前の又七のときも思ったことだが、光右衛門は口は悪いが人がよく、命まで絶たれるようなうらみなど買うはずがないのだ。

「命に別状がないときいて、心からほっといたしましたよ」

「近いうち、お見舞いに行くつもりでおりますから」

「休みをもらったと思って、今は無理をしないよう手前が申していたと伝えていただけますか」

このようなことを本心から得意先の者たちはいってくれた。

だが、実際に光右衛門は襲われ、床に伏している。

いったいどうして狙われたのか。

考えたところで、今、答えが出るはずもなかった。

得意先には、千勢の人相書も見せた。

最初は恥ずかしくてならなかった。自らの恥を見せているも同然だった。

しかし千勢を見つけない限り、けじめがつかない。これからどういうふうに身を処すか、その方向がはっきり見えてこないことをさとり、それからは気恥ずかしさが消えた。

「こちらが湯瀬さまのご内儀ですか。おきれいな方ですね」

「失踪されたのですか。それで今、江戸におられるのはまちがいないのですか」

「わかりました。人の顔を覚えるのは得意ですから、もし見かけたら必ず連絡を差しあげますよ」

誰もが一所懸命に見てくれた。だが、見覚えのある者は一人もいない。

やがて日が暮れはじめた。涼しい風が吹き渡っているが、ときおりその風は冷たささえ帯びて懐に入りこんでくる。

あと一月もすれば、江戸の木々も紅く染まるのだろう。

人相書への期待は大きかったが、初日にいきなり手がかりを得られるとはさすがに考えていなかったから、さしたる落胆はなかった。

初日としては上々だろう。千勢の顔を覚えてもらったのだから。これはこれまで光右衛門が得意先にしてきたように、種をまいているのだ。

いずれ収穫できる日がやってくるはずだ。

とにかく下など向いていられない。直之進は気合を入れ直して、最後の得意先まわりをはじめた。

醬油と味噌を扱う商家の暖簾を払って、直之進は道に出た。番頭と二人の手代が見送ってくれた。

「今日はいいお返事ができませんでしたが、これに懲りず、またお顔を見せてください」

番頭にそんなことをいわれ、直之進は、ありがとうございます、と頭を下げた。それから道を歩きだした。

西の空に日の名残を感じさせる赤みがわずかにあるだけで、あたりはすっかり暗くなっていた。町屋から漏れこぼれる灯りは明るく、道を行くのに提灯はいらないくらいだ。

それでも、行きかう人のほとんどはすでに火を入れた提灯を手にしている。直之進も立ちどまり、懐から小田原提灯を取りだした。

火打ち道具をつかって火をつける。提灯を掲げて、再び歩きはじめた。

腹が減っていた。久しぶりにずいぶん歩いたのを実感した。

光右衛門はほぼ毎日、これをこなしているのだ。頑健なのが理解できた。

おきく、おれんが今日は夕餉になにをつくってくれているのか、直之進にはとても楽しみだった。

こんな感じは久しく覚えたことはない。沼里では小普請組で無役だったこともあり、仕事を終えて充実した食事をとる、ということは皆無といってよかった。

あと一町ほどで小日向東古川町というところまで戻ってきたとき、前を提灯も持たず、とぼとぼと歩いている男の子がいることに気づいた。

あれは、と直之進は早足になった。追い越すようにして男の子の顔をのぞきこむ。

「やっぱり太一《たいち》ではないか」

「あれ、おじさん」

太一は直之進と同じ長屋に住んでいる。家族は、母親のおまさと弟が一人。

「なんだ、元気がないな。どうした」

いつもは明るい笑顔を絶やさない子なのに、今はどこか深刻そうな顔をしている。

「そう見える？」

「ああ」

太一が足元の石を蹴りあげた。

「かあちゃんの具合がよくないんだよ」

そんな話はきいていた。おまさは竹細工の内職をしているが、体が強くなく、いつも病がちとのことだ。

「胸が悪いといっていたな」

「うん、そう」

肺か、と直之進は思った。もしや労咳かもしれない。

「薬は飲んでいるのか」

「ううん」

どうして、と問いかけて直之進は言葉を飲みこんだ。そんなのは決まっている。金がなくて薬代が払えないのだ。

「今もお医者に薬をもらいに行ったんだけど、これまでの代がすんでいないんで、くれなかったんだよ」

「いやな医者だな」

「そんなことないんだよ」

　太一が医者をかばうようにいう。

「これまでだってできるだけ代のことはいわないようにしてくれていたんだけど、ここまでかさんでしまうと、って……」

「太一、ちがう医者に診せてみるか」

「えっ、心当たりはあるの？」

「太一も知っているかもしれんな。近くの医者だから」

　直之進が太一を連れていったのは、光右衛門を診てくれた堅順のところだ。

「えっ、ここって堅順さんの家《うち》だよね」

　太一が家を見あげる。

「代は案ずるな。俺がだしてやる」

「えっ、いいの？」

「もちろんだ。心配いらん」

直之進は訪いを入れた。

「ああ、いいですよ。今から行きましょう」

妻とともに夕餉を食べているところだったが、堅順は気軽にいって立ちあがった。このあたりには、いかにも急患に慣れている感じがあらわれている。

直之進たちの裏店《うらだな》に向かうあいだ、直之進は代は自分が支払う旨を堅順に告げた。

「わかりました。いつでもいいですよ」

堅順は了解してくれた。

「では湯瀬さん、しばらく外で待っていてください」

堅順は太一とともに明かりが灯っている障子戸の向こうに姿を消した。

堅順が診ているあいだ、直之進は自分の店に入った。暗さがなんとなくつらかった。すぐに行灯を灯す。

それからふき掃除をした。長屋を離れてまだ二日しかたっていないのに、かなり埃がたまっていた。

掃除もかなり達者になった。沼里にいたときは、自分で掃除をしたことなど一度たりともなかった。

きれいになって、直之進はすがすがしい気分になった。路地に出て、井戸の水を汲んだ。手を洗って喉を潤し、太一の店の前に立った。

まだ堅順は診続けているようだ。

けっこう長いな。ということは、やはりおまさの具合はよくないのだろうか。

「ねえ、湯瀬の旦那、どうしたの」

障子戸をあけて長屋の女房が寄ってきた。

同じ長屋の者に隠す必要はないだろう、と直之進は事情を説明した。

「へえ、堅順さん、来てくれたの。お高いって話だから、なかなか私たちでは呼べないのよね」

「そんなに高いのか」

直之進は声を低めてきいた。

「噂ではね」

やがて薬箱を持って堅順が出てきた。ありがとうございました、と土間でおまさが頭を下げる。心なしか、前に見たときより顔色がよくなっているようだ。

横で太一もうれしそうだ。

「ここ半月ほどできるだけ安静にしていなさいよ。それでだいぶよくなるはずだ」

おまさと太一が路地に出てきた。

「お大事にな」

堅順は直之進に目礼して、長屋の木戸をくぐっていった。

「ありがとう、おじさん」

太一が礼をいう。

「本当にありがとうございました」

おまさもせがれに合わせる。

「いや、そうあらたまらんでもいい」

直之進は鼻の頭をかいた。

「あの、お代のことなんですが」

おまさが太一の頭を一つなでた。

「この子がいますには、なんでも湯瀬さまがだしてくださるとか」

「そのつもりだ」

「いけません。いくら同じ長屋の者とはいえ、そこまで甘えるわけには」

「いや、いいんだ。太一には世話になっているからその恩返しの意味もある」

「いえ、そういうわけにはいきません」

　おまさは意外に頑なだった。太一も困った顔をしている。

「だったらこうしよう。とりあえず明日、俺は堅順さんに代を払ってくるが、それは立て替えたことにしよう。払えるだけの余裕ができたら、そのとき返してくれればよい。それでどうかな」

「はい、そうしていただければこんなにありがたいことはありません」

「おじさん、おいらも一所懸命に稼いできっと返すよ」

「うん。まあ、がんばれ」

　直之進は笑顔で答えた。

「薬はもらったのか」

「うん、半月分」

「そうか、よかったな」

「半月して、薬がなくなったらまた診てくれるって」

「そうか。太一もおまささんもなかに入ってくれ。夜風が冷たくなっている。じゃあ、これでな」

　直之進はあらためて礼をいう太一たちとわかれ、早足で木戸を抜けた。

道に出ると、小走りに走った。

やがてのんびりと道を行く堅順の姿が見えてきた。追いついた直之進は声をかけた。

堅順の話では、おまさはたいした病ではない、とのことだ。滋養のあるものを食べさせれば、ときはかかるだろうけれど本復はまちがいない、といってくれた。

それをきいて直之進はほっとした。

「しかし湯瀬さんは感心ですね。同じ長屋に住む者とは申せ、どうしてそこまでされるのです」

「困っている者を放っておけない、ただそれだけですよ」

それだけではなかった。幼い頃に直之進は母親を失っているのだ。

あの悲しい思いを、太一に味わわせたくはなかった。

八

かなり冷えこんだ。

この秋一番の冷えこみであるのはまちがいなく、富士太郎は寝床を出るのがつらかった。

珠吉も少しこたえたような顔をしている。

「大丈夫かい。よく眠れたかい」

「ええ、大丈夫ですよ。でも、歳を取ると、やはり寒いのはいやになりますねえ」

そんな会話をかわしてから、今朝もはやくから、おみく殺しの探索をはじめた。

まず最初に、おみくが客とつかっていた山科という出合茶屋に行き、おみくが殺された日に来ていなかったかをたずねた。

山科の女将がいうには、その日はいらしてませんねえ、ということだった。

「女将、おみくと親しかったかい」

「いえ、それほどでも」

「おみくの男客は知っているかい」

「顔ぐらいは。でもそれだけで、名とかなにをしている人かは存じません」

それで山科は引きあげた。

その後、富士太郎はおみくのなじみ客である十四名とも会った。いずれも町人で、さすがに僧侶には会うことはできなかった。

その十四名の客のなかで、富士太郎と珠吉が、こいつは怪しい、と思える者は一人としていなかった。

富士太郎はこれまでの数少ない経験とはいえ、町方同心にいろいろときかれると、うしろ暗いことをしている者は、どこか人とちがうものが顔や仕草にあらわれることを知った。

十四名の誰もが善良そのものだった。

おみくの実家にも行き、両親に話をきいた。両親はおみくは子供の頃から自分たちになつかず、自分で稼げる歳になると、さっさとこの長屋を出ていったといった。

おみくには妹と弟が一人ずついたが、その弟妹ともがあまり反りが合わず、ほとんどつき合いはなかったという。

おみくが住んでいる長屋にも足を運び、住人たちの話に耳を傾けた。

十二の店すべてが埋まっている長屋のなかで、おみくと特に親しくしている女がいた。

おときという名の、ずいぶんと化粧が濃い女だった。つんとつった目がいかにもきつそうで、女狐、という言葉を富士太郎は思い浮かべた。

それでも声音はやわらかく、耳になじむ響きをしていた。

「それでおときさん、おみくの男のことを知っているといったが、まちがいないか」

「ええ、まちがいありませんよ。おみくちゃん、この長屋に連れこんだことがありますから」

「名は？」

「ううん、ごめんなさい、知らないんです」

「そうか」

「でもお役人、おみくちゃんの男がお侍であるのははっきりしてますよ」

「侍だと？　本当かい」

「ええ、まちがいありません。おみくちゃんがその人をここに連れてきたのは一度きりで、そのときはお侍とはわからなかったんです。あの、正直申しますけど、あたしもおみくちゃんと同じ商売してるんですよ。それで山科っていう出合茶屋をよくつかうんですけど、そこでおみくちゃんとばったり会ったことがあるんです。あたしが山科をおみくちゃんに紹介したから、そういうこともあって不思議はないんですけどね」

おときは一息入れたが、すぐに続けた。

「おみくちゃん、そのときお侍と一緒でした。お互い、そういう場所で会っても知らんふりしていようね、といい合ってましたから、あたし、なにもいわなかったんですけど、一目見て、長屋に来てた人だってわかりました」

富士太郎と珠吉はもう一度、山科に向かった。山科は市ヶ谷左内坂町にある。

おくみが住んでいた市ヶ谷平山町からは中根坂という、西側がずらりと武家屋敷が並んでいる道をくだり、尾張徳川家の広大な上屋敷に突き当たったところを道なりに左へ曲がる。

そこから四町ほど行った左内坂と呼ばれる坂の中腹の路地を、右に入ってすぐのところに店はある。

珠吉は明らかに怒っていた。山科に着き、女将を呼びだすと、いきなり怒鳴りつけるようにいった。

「おう、女将、町方をなめるんじゃねえぞ」

それだけで女将はすくみあがった。横で富士太郎も、怖いな、と背筋に寒けを覚えたほどだった。

「おみくには決まった男がいただろう。隠し立てしねえで、さっさと吐いちまいな。もし吐かねえんだったら、番所に引っぱってくが、それでかまわねえか」

まるでやくざの脅し文句のようだ。

「は、はい。申しわけございません。決して隠し立てしたのではございません」

女将は床に平伏するようにいった。

「能書きはいいから、さっさといいねえ」

わかりました、と女将は語りだした。

「ご浪人です。名は剛田《ごうだ》官之介《かんのすけ》さまといったと思います。歳ははっきりとは存じませんが、三十前後だと」

「どこに住んでいるんだ」

「存じません」

「まだとぼけるつもりかい」

「いえ、本当に知らないんです」

女将は震え声で答えた。

「よかろう。おい、女将」

珠吉がぽんと肩を叩く。女将はびくりとした。

「はなっからこういう態度でいてもらいてえもんだな。俺だけじゃねえぜ。この旦那は俺以上に怖いんだ。もし次になめた真似したら、本当にしょっ引くからな、よく覚えとくこった」

珠吉が富士太郎を見た。

「引きあげましょうか」

こんな珠吉を見たのははじめてで、富士太郎からは驚きが去らなかった。

「しかし珠吉、すごいものだねえ」

道を歩きながら、ほとほと感心していった。

「旦那、いつもああいう手をつかうのはいけませんが、たまにはいいんですぜ。よく効くのがわかったでしょ」

「まったくだねえ。でも、おいらにはあれは無理だよ」

「そんなことありませんよ。あっしだって実をいえば、足ががくがく震えちまっているんですから」

「本当かい」

「ええ、喉もからからです」

「そうかい。じゃあ、おいらもちょっとがんばってみようかな」

二人は勇んで剛田官之介を捜しはじめた。

おみくと近いところに住んでいたのはまずまちがいないと思えたので、市ヶ谷平山町そばの町をめぐり続けた。

しかしどこの自身番にあたっても、剛田官之介という浪人者が住まっているという言葉をきくことはできなかった。

「いないねえ」

「そうですねえ」

じき日暮れという頃、街角に立って富士太郎と珠吉がそんな会話をかわしていると、こちらに走り寄ってくる影がいた。

「おう、甚助《じんすけ》じゃないか」

富士太郎は声をかけた。

「なにかあったのかい」

「ありました。ありました」

甚助は息を荒くしていたが、はっきりといった。

「匠兵衛になにか動きがあったのかい」

「はい、ありました。来ていただけますか」

富士太郎は珠吉の助言にしたがい、心中として片づけられた芳蔵の死を怪しみ、親分である匠兵衛に小者を二人張りつけていたのだ。珠吉は、あの匠兵衛という親分は一の子分が死んだくらいで号泣するたまではないですぜ、といったのだ。

それに、あの鴨居の擦り傷のこともある。

甚助は、匠兵衛に張りつかせた小者の一人だった。

「匠兵衛がどうしたんだい」

早足で先導する甚助の背に、富士太郎は問いかけた。

「ええ、一人で出かけたんですよ」

「一人でかい。それは怪しいねえ」

二十名以上の子分を率いる一家の親分だ。他出するときはまず供がつくはずだ。

「益三《ますぞう》は匠兵衛に張りついているんだね？」

匠兵衛の見張りを命じたもう一人の小者だ。

「ええ、匠兵衛はとある料亭に入りました。そこの入口そばにいます」

「そうかい、よくやった」

「ありがとうございます。匠兵衛の野郎、どうもそぶりが怪しいんですよ」

「ほう、どういうところが」

「常にうしろを気にしているような感じですし、懐によく手を当てているんですよ。そこに大事な物でも入れてあるんじゃないかと思うんですが」

「なるほど」

珠吉に、なにを入れているのかな、ときこうとして富士太郎はとどまった。珠吉に何度もいわれているが、自分で考える癖をつけなければならない。

最も考えられるのは金だろう。なんのための金か。

今のところはわからないが、その料理屋へ行けば、わかるかもしれない。料理屋ということは、おそらく匠兵衛は誰かと待ち合わせているのだろう。

もしや、と富士太郎は思った。匠兵衛が会うのは、芳蔵殺しに関係した者ではないのか。

あっ、と気がついた。懐に入っているのはまちがいなく金だ、と確信した。

これは、甚助たちに見張りを命じた甲斐があったのかもしれない。

富士太郎の心は躍った。

「あの店です」

北に向かっている道が、焼餅坂という坂に突き当たって終わった。甚助は坂の上のほうを指さした。

そこには大提灯が出ている。黒く入れられた字は滝沢《たきざわ》と読めた。

「滝沢かい、いい店じゃないか」

富士太郎は思わずつぶやいた。料理と酒はいいが、とても高直《こうじき》なことで知られている。女衆も芸達者がそろっているときいていた。

店のそばに行くと、向かいの路地から男が寄ってきた。

「おう、益三。ご苦労だね」

「いえ」

益三が頭を下げる。

「匠兵衛はどうしている」

「ええ、ちょっと女中に金をやってきいたんですが、奥の離れで一人の男と会っているらしいんです」

やはりな、と富士太郎は思った。そいつが殺し屋ではないのか。

「何者だい」

「いえ、その女中も知らないといってました。ただ、はじめての客ではないようです」

「そうか」

「どうします、旦那、踏みこみますか」

珠吉がきいてきた。

「いや、まだそこまではできないね。ちょっと様子を見ようじゃないか」

すっかり夜のとばりがおりてきていた。あたりを行きかう者たちにも、だいぶ酔客が増えてきている。

「あっ、出てきたようですよ」

益三が声をあげる。

入口のところで、下足番から雪駄を受け取っている若い男がいた。

「あの男かい」

「ええ、多分。女中の話していた風体と一致します」

ただし、顔のほうはよく見えない。男は大提灯のそばにいるが、うまく灯りを避けているようで、霧のなかにでもいるように顔がぼんやりしているのだ。

「つけますか、旦那」

珠吉がきいてきた。

「もちろんだよ」

富士太郎は益三と甚助に、このまま匠兵衛に張りついているように命じた。

店の者に手渡された小田原提灯を手に、男が道に出てきた。道を左に取り、牛込のほうへ向かう。

よし行こう。富士太郎と珠吉は男のあとをつけはじめた。

「けっこう若いですね」

「うん、おいらもそう見た。三十にはだいぶ間がありそうなやさ男だね」

男は急ぐでもなく、道を歩いてゆく。

「どこへ行くつもりなのかね」

「住みかだったらありがたいんですけど」

男がせまい路地へふらりと折れた。富士太郎と珠吉は足をはやめ、路地のところまで行った。

男の姿は路地になかった。撒かれたのを富士太郎はさとった。これからあわてて捜したところで、見つかるはずもなかった。

「やられましたね」

珠吉が苦々しげにいう。

「あっしらに感づいてましたよ」

「そのようだね」

富士太郎は唇を嚙んだ。

「何者だろうね」

「旦那、見当はついているんでしょ」

「うん。殺し屋じゃないかね」

「あっしもそう思います。堅気じゃないのはまちがいないですから。身のこなしも玄人《くろうと》めいてました」

といううことは、と富士太郎はいった。

「匠兵衛が料亭で会ったのは、後金《あときん》を渡すためだったと考えられるね」

九

「ただいま」

直之進は暖簾を払い、土間に入った。

おきくが出てきた。

「お帰りなさい」

「すまんな、ちょっとおそくなった」

直之進は、太一の一件を話した。

「そうですか。いいことをされましたね」

おれんが水を一杯にたたえたたらいを持ってきてくれた。

「ありがとう」

直之進はさっそく足を洗った。冷たい水が、ほてった感じのある足にとても気持ちよかった。おかげで気分まですっきりした。

「おう、帰ってきたか」

直之進が奥に行くと、徳左衛門がうれしそうに手をあげた。満面の笑みだ。

「ただいま戻りました」

徳左衛門の向かいで渋面をつくっているのは琢ノ介だ。

留守中なにもなかった様子に、直之進はほっとするものを覚えた。

「なんだ、琢ノ介、また負けているのか」

琢ノ介がすがるような目を向けてきた。

「直之進、頼む、この局面をおぬしの力で変えてくれんか」

「いかんぞ、湯瀬どの」

「わかっています」

直之進は答え、琢ノ介を見た。

「勝負ごとというのは、自分の力でやり遂げるべきものだ」

「剣にだって、助太刀というものがあるだろうが」

「なるほど」

直之進は形だけ盤面をのぞきこんだ。思わず顔をしかめる。

「こりゃ無理だな。ひどいやられっぷりだ。誰がやろうと逆転はできん」

「そんなことはなかろう」

琢ノ介は必死の表情で首を振る。

「この勝負に負けたら、また今日も二分の負けになってしまうんだ」

「ということは、また全敗か」

直之進はあきれた。

「どうすればそんなに負けられるんだ」

「知るか。——直之進、頼む、なんとかしてくれ」

無理だな。直之進は首を振った。

「こんなに頼んでも駄目か。くそっ。まったく冷たい野郎だ」

琢ノ介はあきらめ、腕を組んで盤面をにらみつけはじめた。

しばらくその姿勢でうなっていたが、いきなり手で盤面の駒を波がさらうようにばらばらにした。

「くそっ、負けだ」

徳左衛門がにんまりと笑い、手のひらを差しだす。懐から財布を取りだした琢ノ介は、一朱金をつまみだし、徳左衛門の手のひらに落とした。

「毎度ありがとうございます」

徳左衛門がおどけたようにいって、自らの財布にしまいこんだ。

「しかし助かる。仕事代を払わずにすむ上、こんなに金が入るなど」

琢ノ介が不機嫌そうに横を向いた。その視線が直之進に当てられる。

「直之進、おぬしが悪いんだぞ」

直之進は面食らった。

「なんの話だ」

「おまえがわしに徳左衛門どのの相手を譲ったからだ」

「ちょっと待て。いいがかりだぞ」

琢ノ介はしゅんとしてまた横を向いた。小さな声でいう。

「そんなのはわかってる。八つ当たりしたかっただけだ」

思わず直之進は笑ってしまった。

琢ノ介が思いだしたように顔をあげ、台所に向かって怒鳴った。

「おきく、おれん、飯はまだか」

もうできますよ、という返事が返ってきた。

「はやくしろ。腹が減ってかなわん」

「はいはい、わかりました」

おきくが座敷に顔を見せた。

「徳左衛門さんも召しあがっていってください」

「おっ、いいのか」

顔を輝かせる。

「もちろんですよ。ご遠慮なく」

「平川どのがいやがるのではないのか」

「それがしはそんなに心のせまい男ではないですよ。勝負は勝負、と割りきることはできますから。でも、もう二度と徳左衛門どのと将棋は指しませんが」

「この二日で取られた一両、取り返そうとは思わんのかな」

「それがしの腕では、さらに出費がかさむのは見えています」

「ふむ、おのれの腕を知るのは、とても大事なことだ」

直之進は光右衛門のことが気になった。

「おきくちゃん、米田屋はどうしている」

「寝ています。ですから、今日の得意先まわりに関することでお話があるのでしたら、夕餉のあとにされたほうが」

すぐに夕餉になった。今夜は、鯖の味噌煮が主菜だった。

脂がほどよくのった鯖で、やや辛めの味噌と相まって、実に飯が進んだ。

「これはうまいのう」

徳左衛門が舌鼓を打つ。

「こんなにうまい鯖、いつ以来かのう」

直之進も同じ思いだった。

「うむ、こいつはいいな」

琢ノ介はがつがつ飯を食っている。まるで取られた一両を飯で取り戻そうとしているかのようだ。

　おきくが酒をだしてくれた。徳左衛門はたしなまず、直之進と琢ノ介でさっそく飲んだが、すっきりした喉越しで、とてもうまかった。

「これは前に俺にだしてくれた駿河の酒か」

　前に光右衛門の警護についた直之進がこの家に住みこむことになったとき、光右衛門がわざわざ買ってくれた酒だ。確か杉泉という名だったはずだ。

「ええ、そうです。おれんちゃんが買ってきたんです」

「そうか。うまいな。ありがとう」

「ふーん、そうか、駿河の酒か。それならわしも一口だけもらおうか」

　すぐに顔を赤らめた徳左衛門が、不意に旗本のときの話をはじめた。

「もう二十年近くも前の話だ。人生の皮肉というか、人というのはつり合いが取れているというか、そのようなことをわしが強く感じた一件があった」

　徳左衛門の同僚に、折り合いの悪い二人がいた。この二人は、顔を合わせれば悪口をいい合い、お互い手をだすことはないものの、いつ斬り合いに変わってもおかしくはない険悪さを常にはらんでいた。

　それがうつつのものとなったのは、ある春のことだった。

徳左衛門自身はその二人と仲が悪いということもなく、両名とのつき合いも如才なくこなしていた。

桜が満開のある春の一日、徳左衛門は一人のほうの屋敷に花見に招かれていた。その屋敷には先祖が植えたといわれる桜の大木が十本ほどあり、見事な花をつけていた。

酒も入り、屋敷のあるじがもう一人の悪口をいいはじめた。昨日、かなり激しいいい合いを二人はしていたのだ。取っ組み合いになるのでは、と誰もが思えたいい合いだった。

徳左衛門は悪口などやめるように忠告したが、あるじはきく耳を持たなかった。

その悪口がきこえたかのように、もう一人がその直後、塀を越えて乱入してきたのだ。白刃を振りかざしていた。

それにいちはやく気づいた徳左衛門は、その者を峰打ちで倒した。屋敷のあるじはかすり傷一つ負わなかった。

その一件で徒目付《かちめつけ》に取り調べられたあと、徳左衛門は屋敷に戻ることを許された。むろん、なんのお咎めもなかった。

襲ってきた男は徒目付に引っ立てられ、いずれ斬罪に処せられるのは確実だった。

その夜は一転、雷鳴が轟き、豪雨が降り注ぐという荒れた天気になった。

これでは桜もたまらんだろうな、と思いつついまだに体に残っている興奮を静めるために徳左衛門は自室で書見をした。その後就寝し、翌朝、驚くべき知らせを受け取った。

花見を催した同僚が雷に打たれて死んだというのだ。

「どうせ雷で死んでしまうのだったら、もう一人に討たせてやったほうがよかったのでは、と思ったものよ。乱入してきた者は、のちに斬首になったが。これなどは天が喧嘩両成敗をしたのでは、とわしは考えたものだった」

徳左衛門は大きく息をついた。

「おぬしも宮仕えだったのだろう。その手の話はあったのではないか」

徳左衛門が直之進に水を向けてきた。

「それがしは小普請組でしたから、そのようなことは一切」

いったん座敷の外に出ていたおきくが、光右衛門が目を覚ましたことを教えてくれた。直之進は寝間に入った。

光右衛門はおれんに飯を食べさせてもらっていた。鯖の味噌煮もふつうに口に入れ、うまそうに咀嚼している。

「もうそんなに食べて大丈夫なのか」

その健啖ぶりに、直之進のほうが心配になった。

「ええ、よく嚙めば大丈夫でしょう。堅順さんも、食べすぎないようにすればいといってくれましたから」

「それにしてはよく食べるな」

直之進は光右衛門をにらんだ。

「まさか、この前と同じではないだろうな」

「この前というのはなんです」

「とぼけるな。あの殺し屋に足を斬られて一ヶ月の傷、と堅順先生にいわせたではないか。実際には十日ばかりの傷だったくせに」

「そんなこともありましたなあ」

昔をなつかしむような口調でのんびりという。

「でも、こたびの傷は本当に重いですよ。湯瀬さまは近くでご覧になったから、よくおわかりでしょうが」

それに異論はない。

直之進は、今日の商売のことを報告し、いくつか注文をもらってきたことを伝えた。

「ほう、けっこうもらってきましたね。さすがに湯瀬さまですな」

光右衛門が顔をほころばせ、おれんもうれしそうに白い歯を見せた。

二人のその顔を見て、直之進も幸せな気分に包まれた。

十

徳左衛門も琢ノ介も帰ってゆき、家のなかは静けさが満ちている。

おきくは閉められた障子に目をやり、まだおれんが台所で仕事をしているのを耳で確かめた。

布団に入り、うつぶせになって顔をだす。行灯を手元に引き寄せ、一枚の紙を広げた。

紙には、一人の男の顔が描かれている。

うっとりする。見とれてしまう。そっくりに描かれていて、思わず抱き締めたくなるくらいだ。

廊下をやってくる足音がした。台所での最後の片づけを終えたおれんが部屋に戻ってきたのだ。

おきくは絵を折りたたもうとしたが、あわてたせいでうまくいかなかった。

おれんが見咎めた。

「なにを見てるの」

双子の妹をごまかすことなどできない。

「これよ」

おきくは絵を差しだした。おれんが目をみはる。

「湯瀬さまじゃないの。いつの間に」

「昨日、買い物に出たついでに源沢さんのところに寄って描いてもらったの」

そう、とおれんがいった。

「よく描けてるわね。眉の太いところや瞳の力強さなんか、そっくりね」

やっぱり、とおきくは思った。それは自分も強く感じたところだった。

おれんが布団の上にぺたりと正座した。

「おきくちゃん、こんなことするくらいだから湯瀬さまのこと、大好きなんでしょ」

おきくとしては、ええ、と答えたかった。だが、おれんの気持ちを思うと、それは口にできない。

おれんがじっと見ている。

「おきくちゃん、私に湯瀬さまを譲るなんて思わなくていいわ」

「えっ?」

「おきくちゃんが私をずっと守る気でいるのは知っているけど、私にはおきくちゃんにそこまでされる理由がないの」

おきくは目をみはった。おれんはいつもとちがう。どこか毅然としたものが感じられる。

おきくは黙って、おれんの言葉をきく姿勢を取った。

「ねえ、おきくちゃん、おやつのことで喧嘩して、私が家を飛びだしたことがあったでしょ。覚えてる?」

「ええ、私はあのあとおれんちゃんを捜しに行ったわ」

「あのとき、おきくちゃん、川に落ちたでしょ?」

「ええ、おれんちゃんが助けてくれたわ」

おれんが押し黙った。決意したように顔をあげる。

「怒らないでね。――あれは私がおきくちゃんを突き落としたの。でも流されてゆくおきくちゃんを見て、怖くなってあわてて飛びこんだの」

「えっ、本当なの？」

「ええ、本当よ」

いつしかおれんは涙を流しはじめていた。

おきくは、あのときのことを思い起こした。まさかおれんが落ちたのでは、と川をのぞきこんだとき、足がずるりと滑り、流れにはまりこんでしまったのだが、今考えてみれば、背を押されたような感じがないわけではない。

「そうだったの……」

おきくは静かにいった。

「ごめんなさい、おきくちゃん」

「いいのよ、おれんちゃん」

確かにびっくりはしたが、おきくは怒る気になれなかった。袖でしきりに涙をぬぐっているおれんをそっと抱き締める。

「おれんちゃん、よく話してくれたわね。うれしいわ。でもおれんちゃん、どうして急にそんな気になったの」

おれんが涙で濡れた顔をあげる。その顔を見て、とてもきれいだわ、とおきくは思った。

おれんが座り直す。おきくは腕を解き、おれんの顔を正面から見つめた。

「だっておきくちゃん、あのときのことを負い目に思っているんでしょ。私が飛びこんだおかげで、自分は助かったって」

その通りだ。もしあのときおれんが飛びこんでくれなかったら、自分は今頃この世にいないだろう。

「人相書を描いてもらうなんて、おきくちゃん、これまで決してそんなことしなかったじゃない。いいなあ、と思っていた人がいたのは知っているわよ。でも、ここまではしなかったでしょ。おきくちゃん、本当に湯瀬さまのことを好きなのね」

おきくは黙っておれんの話をきき続けた。

「それにね、おきくちゃん。おきくちゃんがもし私に譲ってくれたからって、湯瀬さまが私を振り向いてくれるとは限らないのよ。そんな惨めなの、私いやよ。だったら二人で正々堂々張り合ったほうが……。そう思ったから、私、話したの」

　おきくは大きくうなずいた。

「わかったわ。湯瀬さまがどちらに振り向いてくれるか、二人で勝負よ」

　でも、と言葉を続けた。

「もしかしたら、湯瀬さま、ご内儀のもとに帰ってしまうかもしれないけれど」

　そうね、とおれんがいった。

「ご内儀でなくても、もしかしたら私たち以外の人に目がいくかもしれないし」

「ああ、そういえば、お得意先の小田《おだ》屋さんのお嬢さんも湯瀬さまにご執心、というような噂をきいたわ」

「小田屋さんて、油問屋ね。あそこのお嬢さんは確か、お美嶺《みね》さんといったわ」

「そうね。強敵は多いわ。とにかくおれんちゃん、がんばりましょう」

「わかったわ。ところでおきくちゃん、一つ頼みがあるんだけど」

「なに」

「その絵、私にちょうだい」

　おきくは首を振った。

「駄目よ。私の大事な宝物なんだから」

おれんがにっこりと笑う。

「それでいいわ。おきくちゃんがやっと本気になってくれたのがわかったから」

おれんが刀を構える仕草をする。

「おきくちゃん、勝負よ」

第三章

一

足が棒のようになる。

そんな感じを千勢ははじめて味わったような気がする。

今日も朝から人相書を手に、町をめぐり歩いていた。

これまでと同じことを続けているだけだが、今日は体が重かった。足の運びも、どこかおぼつかない。

どうしてなのか。

千勢はなんとなく額に触れてみた。驚いた。べったりと汗がついたからだ。

陽射しはやや強いものの、秋ということで暑くはない。町を吹き渡ってゆく風も、土埃を巻きあげるほどではなく、やさしげだ。行きかう人々も、夏とはまるで異なる気持ちよさに颯爽と歩いている。

風邪をひいたのだろうか。かもしれない。この前、冷えこんだときか。

帰って、やすむべきかもしれない。風邪だけは寝ているしか治す手立てはないのだから。

いや、と千勢は首を振った。風邪などに負けてなるものか。

しかし、昼の八つ近くになる頃には、もはや歩いていられなくなった。

どこかで休まなければ。

今どこにいるのかすら、わからなくなってきた。汗が頬からしたたり落ちた。

千勢は、右手の寺の門前に幟がひるがえっているのを見た。ほっとする。そこに茶店がある証だ。

このあたりは、一度ならず来たことがある。町に見覚えがあった。

小石川御《お》簞笥《たんす》町そばの町だ。確か小日向清水谷町といったはずだ。

ふらふらと歩いて、すとんと力が抜けたように紅い毛氈が敷かれた縁台に腰かけた。

前垂れをした娘が寄ってきた。

「大丈夫ですか」

注文を取るのではなく、やさしく声をかけてきた。

とんでもなく悪い顔色なのだろう、と千勢は思った。

「ええ、大丈夫。ちょっと疲れただけだから。お茶をくださいな」

「はい、ただいま」

娘が体をひるがえす。千勢はていねいに折りたたんである小さめの手ぬぐいを懐から取りだし、汗をふいた。手ぬぐいはすぐに湿ったものに変わった。

お待ちどおさま。娘が茶を持ってきた。ありがとう。千勢は茶碗を取りあげた。

熱い茶が心地よかった。やはり茶には心と体をなごませるものがある。

一杯をあっという間にほし、千勢はおかわりを頼んだ。

二杯目をじっくりと味わって飲んでいると、横に女の客が来た。

その女が小女に茶とみたらし団子を注文する。ふと千勢を見た。

「あの、どこかでお会いしましたっけ」

顔をまっすぐ向けて、きいてきた。千勢に見覚えはなかった。

ちょっと崩れたところのある女だ。飲み屋あたりで働いている女かもしれない。むろん、仕事は客に酌をするだけでは終わらない。

「ああ、そうだ。あなた、前に人相書を見せてもらった人じゃないかしら」

これまでどれほどの人に人相書を見せたかわからない。目の前の女もそのうちの一人なのだろう。

「今、持ってる？」

ええ、と千勢は人相書を取りだした。

女が手にし、じっと目を落とす。

「この顔、どこかで見たことあるかもしれないわ」

「えっ？　本当ですか」

千勢は思わず勢いこんだ。風邪のことなど横に押しやった。こういう言葉は男を捜しだしてから、はじめて耳にしたといっていい。

「あの人じゃないかなあ」

顎に人さし指を当ててつぶやく。

「この人を知っているんですか」

千勢は顔をくっつけるようにしてきいた。

「ええ、まちがいないと思うわ」

女は再び人相書を凝視し、指で男の顔をぱちんと弾いた。

「ある人が、私に紹介した男よ。私の顔見て、おまえみたいな女はいらん、っていいやがったのよ。頭にきちゃうでしょ」

女が人相書を返してきた。

「ああ、でもこの人、あなたの旦那なんでしょ。ごめんなさいね」

「いえ、そんなことはいいんですけど。どこに住んでいるか、知っていますか」

千勢は懐に人相書をしまい入れた。

「もちろんよ。私、行ったもの」

「どこです」

「今行きたいの？　そうよね。旦那だものね。案内するわ」

「いいんですか」

「かまわないわよ。夜までどうせ暇だから」

女がじっと見てきた。

「あなたこそいいの？　顔色がよくないけど」

「大丈夫です」

いいきって千勢は、女の分も合わせて茶店の娘に支払った。

「あら、悪いわね。ごちそうさま」

千勢は女と連れ立って歩きだした。

「あの、お名は？」

「あたし？　あたしは、はまよ」

「おはまさんね」

千勢も名乗った。

「そうね、お登勢さんだったわね。前にもきいたわ」

おはまは千勢をじらすようにゆっくりと歩いている。

千勢は体がふらふらしているのを感じた。

「この人は誰から紹介されたんです」

声を励ましてたずねた。

「うちの店によく来る人よ。でも、あたし、その人の名も知らないのよ」

女が千勢をちらりと見た。

「もう見当がついているかもしれないけど、あたしはそういう女なの。呼ばれれば、その男のもとに行って……」

およそ四半刻ほど歩いただろうか。先ほどまで晴れていた空は薄雲がかかって、やや暗くなっている。

それでも、明るい陽射しはそこかしこに漏れこぼれていて、まだ暮れるまでに一刻以上はあることを千勢に教えた。

まだだろうか。千勢はおはまを見た。体がもちそうにない。

ひたすら北に向かって歩いていたおはまが、千勢の思いが届いたように足をとめた。

「あそこよ」

指さした先は一軒の家だ。町としてはどこになるのか。

「あの家に一人で住んでいるわ」

千勢はおはまに礼をいい、巾着を取りだして一朱の礼金を渡した。

「あら、いいのにこんなことしてもらわなくても。でも、一度だしたものを引っこめるのも妙よね。では、遠慮なく」

じゃあこれでね。おはまはうきうきした足取りで去っていった。

千勢はあたりを見渡した。

右手に大きな武家屋敷が見える。大身の旗本か、大名の下屋敷といった風情だ。

左側は町地が続いているが、どこからか肥らしいにおいがしてきて、いかにも郊外にやってきたという感じを千勢に与えた。

道を行く人に、ここはなんという町なのかきいた。

小石川大塚上町ということだ。

きいたことがない。はじめて足を踏み入れた町だ。

それでも町の名が知れただけで、足に地がつかない心許なさは去っていった。

そっと家に視線を移す。

いるのだろうか。そう考えただけで動悸が高まってきた。

いるはずだ。

それでも、千勢には逡巡があった。

行くしかない。懐の短刀にそっと触れる。その冷たさが、力を授けてくれたような気がした。

よし、行こう。

障子があけ放たれた家は再び顔をだした太陽に照らされ、庭のあたりにできた濃い影によって、なかは見えにくくなっている。

千勢は門柱だけの門をくぐり、そっと濡縁に忍び寄った。草履のまま濡縁にあがり、障子に手をかける。

風邪のせいもあるのか、心の臓がひどくどきどきしている。なかにいる者に、きこえはしないかと思えるほどだ。

障子をあける前に、なかの気配を探る。

人けは感じられない。

よし、と胸のうちでつぶやいてから、障子を引いた。

なかは暗い。目の前は六畳ほどの座敷であるのが知れた。

左手にも障子があり、その下のほうが破れていることで向こう側が廊下になっているのがわかった。

千勢は座敷に入りこみ、うしろ手で障子を閉じた。

座敷を斜めに進み、破れのある障子をひらく。廊下にも人はいない。

千勢は廊下を奥に向かって進んだ。

廊下の突き当たりを用心して右に折れる。襖があけられた座敷が目に入る。

そこをのぞきこんだとき、いきなり、おい、と声をかけられた。

千勢はびっくりした。

男が座敷にどかりとあぐらをかいている。暗くて顔はよく見えない。

しかし、人相書の男とちがうのははっきりとわかった。

男は明らかに待ち構えていた。

ということは、と千勢はさとった。あの女は誘い役だったのだ。

それでもよかった。派手に動きまわったのは、こういうこともきっとあるだろう、と覚悟してのことだったからだ。

いや、むしろ千勢はそれを望んでいた。この広い江戸で、一人で捜すのにはやはり限界があった。

「そんなところに突っ立ってないで、近くに来なよ」

千勢は意を決して、座敷に踏みこんだ。

男が見あげてきた。微笑している。

「人相書の男とはどういう関係だい」

男が低い声できく。

夫婦、と答えかけて、千勢は無駄であるのをさとった。目の前の男は、人相書の男が何者であるか、承知の上で問うているのだろうから。

「ききたいことがあります」

千勢は毅然とした態度でたずねた。

「こちらの問いは無視か。――なんだ」

千勢は懐から人相書を取りだした。

「この男、沼里で三人の侍を斬り殺しましたね？」

千勢はあの男の仕業であると確信していたが、一応という気持ちだった。

男が首をひねる。

「なにをいっているのかわからん」

「答えなさい」

男がにやりと笑って背筋を伸ばす。

「おまえさん、湯瀬直之進の妻だよな」

千勢は愕然とした。どうしてここで夫の名が出てくるのか。

「やはりそうか」

「夫を知っているのですか」

「ああ。おまえさんを捜して、沼里から出てきているよ」

それにもびっくりした。なんとなく出てきているのでは、という予感はあったとはいえ、夫はどうして私が江戸にいるのを知っているのか。

「知り合いなのですか」

「さて、どうかな」

男が顔を突きだし、ぐっと見据えてきた。

「湯瀬に刺客を放ったことは？」

なにをいっているのかわからない。

「どうして私がそんなことをしなければならないのです」

「ふむ、嘘ではないようだな」

とにかくこの男が、と千勢は思った。人相書の男のことを知っているのはまちがいない。

千勢は人相書を懐にしまった。再び手が出てきたときには、短刀を握っていた。

千勢は男に飛びかかった。とらえ、人相書の男の居場所を吐かせるつもりだった。

男は、千勢のこの動きに明らかに面食らったようだ。跳びあがるようにして千勢の一撃をかわす。

千勢はかまわず短刀を横に振った。

意外な伸びを見せた短刀を、男は避けきれなかった。うっ、とかすかにうなり声をだした。左腕を右手で押さえている。そこから血が流れだしつつある。

男が座敷を走り出る。

千勢に逃がす気はなかった。今手にしているのは短刀だが、これでも小太刀は免許皆伝の腕なのだ。この程度の男に引けを取るはずがなかった。

だが、男の逃げ足は思った以上にはやかった。襖を突き破り、障子を踏み倒して、あっという間に家を飛びだしてゆく。

千勢は追ったが、庭におりたところで男の姿を見失った。

あきらめるしかなかった。追いかけたところで再び姿を見つけられるはずもない。

それにしても、残念でならない。千勢は肩を落とした。

しくじった、との思いが泉のようにわき出てきた。焦りがあっただろうか。そうかもしれない。

もう少しときをかけてじっくりとやれば、とらえることができたかもしれない。

二度とないかもしれない機会を逸したことに、千勢は強い後悔を覚えた。

でも、と千勢はすぐに思った。今の男が人相書の男とどういう関係があるかわからないが、とにかく、近づいた、という実感はある。

捜しだす日はきっと遠くないにちがいない。

光明が灯った感じがした千勢は体をひるがえし、家のなかに入った。なにか手がかりが残されているかもしれない。

しかし、誰かが暮らしていたという、なんの痕跡も見当たらなかった。

ここは空き家なのだ。ただ、千勢を誘いこむためだけにつかわれたにすぎないようだ。

千勢は庭におりた。それでも、と思った。人相書の男は、このあたりに土地鑑があるのはまちがいない。

この付近に重きを置いて捜してゆけばいいのではないか。

よし、そうしよう。千勢はあらためて決意した。

ふと気がつき、苦笑を漏らした。

風邪などどこかに飛んでしまっていた。

二

手入れを終えると、刀はすっかりきれいになった。

刀身を行灯にかざす。曇り一つなく、まるで澄みきった淵をのぞきこんでいるかのようだ。はっきりとおのれの顔が映っている。

刀自身、きれいにしてもらえて、全身から喜びを弾けさせているように見えた。

満足した佐之助は刀を鞘におさめ、床の間の刀架に静かに置いた。

これは伝来の刀だ。これからもずっと大切にしていかねばならない。

庭のほうで人の気配がした。

佐之助は身構えかけたが、すぐに誰がやってきたのかさとり、体から力を抜いた。

「いるかい」

訪う声がきこえた。

立ちあがり、庭に面している座敷へ行くと、恵太郎が濡縁に腰かけていた。左腕を押さえている。

佐之助は眉をひそめた。

「どうした。あがってくれ」

恵太郎は動くのも大儀そうだった。佐之助は手を貸した。

「すまんね」

恵太郎が申しわけなさそうに口にする。

「かまわん」

奥の座敷に連れてゆき、座らせた。

「どうした」

佐之助はきいたが、思い直した。

「手当が先だな」

棚から大徳利を取りだす。中身は焼酎だ。

恵太郎の腕を見る。二の腕が三寸ほどにわたって切れている。

「縫わねば駄目だな」

「できるのか」

「いや、俺には無理だ。医者を呼んでくる。その前に毒消しをしておこう」

佐之助は焼酎を口に含み、傷に向けて噴いた。

恵太郎が体をかたくする。

「しみたか」

佐之助は立ちあがった。

「待ってろ。すぐに戻ってくる」

二町ほど先に腕のいい医者が住んでいる。かなりひどい傷だが、おそらく難なく手当してのけるはずだ。

外に出ると、思った以上に暗くなっているのに気がついた。

秋だな。佐之助は足をはやめた。

医者の手際はさすがによかった。どうしてこんなことになったのか、一言も口をはさまず、傷の手当をした。このあたりを佐之助は重宝していた。

最後に晒しを巻いて、手当は終わりだった。

「当分、遊びは慎んで安静にしておいたほうがいい。この手の傷は膿むのが怖いからな。あとは、この薬を毎日二度ずつ必ず塗ること。十日ほどしたら、抜糸に来よう。そのときまで風呂はいかんぞ」

佐之助は一両払った。当然という顔で医者は受け取り、家を出ていった。

庭先まで見送って、佐之助はなかに戻った。

身繕いを終え、ほっとした顔をしている恵太郎の前に腰をおろす。

「わかったよ、今すぐ話す。そんなにききたそうにしないでくれ」

どういうことがあったか、恵太郎が事情を語る。

きき終えて佐之助は鼻の頭をかいた。

「ほう、俺を追っている女がいるのか。しかも、その女は湯瀬直之進の女房だというのか。名は?」

「俺が調べた限りでは、千勢だ。今は登勢と名乗っているが」

「千勢か、いい名ではないか。いかにも武家らしい」

佐之助は首をひねった。

「しかし、どうしてその千勢という女は俺を追っているんだ」

「沼里で殺した三人のことをきいていた。そのことと関係あるんだろう」

佐之助の脳裏に、あの晩のことがよみがえってきた。あたたかときいていた沼里とは思えないほど冷たい風が吹き渡る、冬の夜のことだった。

一晩置きに、殺しの標的は次席家老の屋敷を訪ねていた。屋敷を出てきた標的を、佐之助は標的の供についていた二人の侍とともに抜刀するいとまを与えることなく、斬り捨てたのだ。

「あの三人のなかに血縁でもいたのか」

佐之助は少し考えてから口にした。

「あり得るな。仇討か」

「だが妙だな」

その言葉に恵太郎が顔をあげる。

「湯瀬直之進は確か、女房に逃げられたんだよな。仇討をするなら、どうして女房が夫を頼らん」

「そうか、そうだな。あの女は黙って姿を消す必要があったということか」

恵太郎が下を向き、考えだした。

佐之助はひらめいたことがあった。

「あるいは、俺が殺した三人のなかに好きな男でもいたのかもしれんぞ」

「なるほど、考えられる」

恵太郎が膝を打つ。それが傷に響いたか、顔をしかめた。

「そういう事情があればこそ、あの女の思いつめた顔もわかるというものだ。となると、湯瀬直之進も気の毒な男よ」

佐之助はうなずいた。

「女房の男を殺してやったんだ、湯瀬には感謝してもらいたいくらいだな」

恵太郎が怪訝そうな表情をつくる。

「しかしどうしてあの女、あんたが三人を殺したとわかったんだ。見られたとか？　いや、あんたはそんなへま、しないよな」

佐之助は、殺しを行ったときの気配を思い起こした。あのとき殺した三人以外に人は一人たりともいなかった。それは断言できる。

となると、どういうことか。

佐之助の頭に一つの光景が浮かんできた。

「あのときか……」

「あのときって？」

佐之助は話した。

「ふーん、竹藪の向こうから視線を感じたのか。それがあの女のものか。でも刀を振っているところを見た、それだけでわかるものなのか」

「その千勢という女は、おまえさんに傷を負わせられるくらいだから相当の遣い手なんだろう。きっと俺の腕を見抜いたのさ。勘もいいんだろう」

佐之助は焼酎を湯飲みに注ぎ、少しだけ飲んだ。恵太郎が、俺にもくれ、といったが、怪我人はやめておいたほうがいい、と突っぱねた。

「恵太郎、その千勢という女、殺したほうがいいと思うか」

恵太郎がうつむく。

「あの女を生かしておくことで、いやなことが起きる予感がする」

「そうか。おまえの勘は当たるからな、やはり殺しておくか」

佐之助は笑いかけた。

「しかし恵太郎、勘だけではあるまい。女ごときに傷をつけられた、その屈辱もあるのではないか」

恵太郎がむっとする。そんな顔は幼い頃とまったく変わっておらず、佐之助の胸のうちを感傷めいた風が吹き抜けていった。

「ちょっと油断しただけさ。屈辱なんて、そんな気持ちなどさらさらない」

「わかった。そんなに気負わんでもいい」

恵太郎が素直に瞳の光をやわらげる。

「あの女を殺《や》ると決めたら、つなぎをくれるか」

「むろんそのつもりだ。むしろ、俺としてはおまえが一人でやろうとするんじゃないか、と危ぶんでいたんだ。——それから恵太郎、今夜あたり、傷がうずくぞ。覚悟しておくことだ」

「わかった」

恵太郎が見つめてくる。

「なんだ、まだ話すことがある顔つきだな」

「わかるか」

「当たり前だ。いくつの頃からつき合っていると思っている」

恵太郎が、昨夜、町方同心にあとをつけられたことを話した。

「昨夜というと、あの親分の後金の受け取りのときか」

「そうだ。その金はあとで渡す」

「そんなのはいつでもいいが、大丈夫か、同心に顔は見られなかったか」

「間抜けそうな同心だ。見られたかもしれないが、覚えられたとは思えない。すぐに撒いたし」

「そうか」

「残念なのは、もう二度と滝沢をつかえないことだな。あそこほどの料理をだしてくれるところをまた見つけるのは骨だ」

その表情になんの陰りもないことに佐之助は安堵の気持ちを覚えた。

「しかしあの親分、町方に目をつけられているということになるな」

「その通りだ。俺がつけられたのは、親分と会ったからだろう」

「親分がつかまったら、まずくはないか」

「大丈夫さ」

恵太郎が自信満々にいった。

「あの親分は俺の名は知らん。とらえられたところで、俺まで及ぶとは考えられん」

「だが、油断できんぞ。間抜けな同心といったが、親分に目をつけるなんざ、意外に鋭いんじゃないのか」

「かもしれないな。いざとなったら始末を頼むよ」

「まかせておけ」

ちょっと出てくる。佐之助は恵太郎の見送りを受けて家を出、道を早足で歩きだした。

空に月が出ていた。しばらく前は糸のように細かったが、今はややふくらみかけた三日月に変わっている。

佐之助は、月に一人の女の面影を見た。名は晴奈《はるな》。

はじめて口を吸った晩のことはよく覚えている。生あたたかな風が吹く、春の晩だった。そこかしこで盛りのついた猫が鳴いていた。

口を吸ったその先にはついにいけなかった。そのことに佐之助は今も強い後悔がある。
あんな簡単に死んでしまうのなら、あのとき抱いておけばよかった。
弟のこと、頼みます。
死ぬ寸前、病床に佐之助を呼んで晴奈はいったのだ。
いとおしくてならない。また会いたくてならない。
晴奈、と声にだして呼んだ。答えは夜の壁に吸いこまれ、返ってこない。
晴奈は、常に恵太郎のことを気にかけている女だった。

三

夕暮れ近くになって、富士太郎と珠吉は剛田官之介の住居をようやく見つけた。
そこは市ヶ谷田町下《たまちしも》二丁目の裏店だった。
江戸のどこにでもある見慣れたつくりの長屋だ。
剛田官之介は三十二歳。一人で暮らしているのだ。わびしさが漂ってくるようだった。

剛田の店には灯りがついていた。いかにも安い油をつかっているようで、灯り自体、くすんでいるような感じだ。

「さて、珠吉、行こうか」

「でも旦那、大丈夫ですか。応援を呼んだほうがいいんじゃありませんか」

「手向かいするかな」

「考えられますよ」

「珠吉、侍とやり合ったことは？」

「そりゃありますよ」

「捕縛できたかい」

「ええ、もちろん」

富士太郎は自らに気合を入れた。

「よし、それなら大丈夫だろうよ。珠吉、行くよ」

珠吉が剛田の店の前に立ち、どんどんと障子戸を叩いた。

「誰だ」

とがった声が返ってきた。

「御用の筋だ」

しばらく沈黙があった。

「ちょっと待ってくれ。今あける」

人影が立ち、からりと障子戸がひらかれた。

剛田というから、どんながっちりした男なのか、と富士太郎は思っていたが、目の前の男はむしろほっそりとしていた。

ただし、さすがに筋骨はがっしりとしており、隙のない身のこなしを感じさせる。

「剛田官之介さんかい」

珠吉が問う。

そうだ、と男がうなずいた。

「こちらの旦那がききたいことがあるそうだ。答えてもらえるかい」

よかろう、と剛田がいった。

富士太郎は珠吉に代わって前に出た。

「おみくという女を知っているね？」

「おみく？　ああ」

「死んだことは？」

えっ、という顔をした。

「おみくが死んだ？　いつ」

「四日前の夜だよ」

「本当に死んだのか」

「ああ」

「どうして死んだ」

「知っているんじゃないのかい」

むっとした表情を見せる。

「どうしてわしが知っている」

富士太郎は殺され方を教えた。

「なんだと、刺し殺されただと」

「ああ、胸を一突きだよ」

富士太郎は首を振ってみせた。

「無慈悲な殺し方だね」

それには剛田はなにもいわなかった。

「剛田さん、あんた、おみくとつき合っていたね？」

「いや」

「つき合っていない？」

「ああ」

「でも、山科とか一緒に行っているよね。それに、おみくの長屋にも一度だけだけど、行ったことがあるはずだ」

剛田は余裕のある笑みを見せた。

「おみくがどういう商売していたか、知らんでここまで来たわけじゃあるまい。わしは客の一人よ」

なるほど、すでに答えは用意してあったというわけか。富士太郎は納得した。

「おみくの長屋に行ったことは？」

「あるさ。どこもかしこも一杯で、おみくが、じゃあうちに来る、と誘ってきたからだ」

「なるほど」

富士太郎は一つ間を置いた。

「将来を誓い合っていたそうだけど？」

「馬鹿な」

剛田は吐き捨てた。

「どうして商売女と一緒にならねばならん」

「その思いが高じて、殺したとか」

「冗談ではない。殺してなどおらぬ」

富士太郎は顎をなでた。

「おみくが殺された日、剛田さん、あんた、なにをしていた」

剛田はしばらく考えていた。それも富士太郎には芝居としか思えなかった。すでに答えは用意してあるはずだ。

「その日はずっとこの長屋にいた。一度、夕飯を食いに出たけど、すぐに戻ってきたよ。それからはどこにも出かけていない」

ほぼ予期した通りの答えだった。富士太郎はちらりとうしろを向き、珠吉を見た。

珠吉は表情で、ここはいったん引きあげましょう、と語っていた。

富士太郎は、それにしたがうことにした。確かに、これだけで引っ立てるわけにはいかない。

これから先は、剛田官之介のまわりをかためてゆくことになるだろう。

「とりあえず、今日のところはここまでにしておくことにする。でも、また話をききに来ることになると思うよ」

では、と富士太郎はきびすを返した。背後でぴしゃりと障子戸が閉められる。

「珠吉、長屋の者に話をきかないとね」

「はい、すぐに取りかかりましょう」

この長屋は全部で十六の店がある。そのすべてに住人がおさまっていた。

富士太郎と珠吉はすべての住人に当たったが、誰もがほとんど剛田官之介とはつき合いがないとのことだ。

おみくが殺された日、この長屋にずっと剛田官之介がいたかどうか、誰一人として知らなかった。

それは逆にいえば、と富士太郎は思った。剛田官之介が出かけていたとしても、誰も知らないということにほかならない。

四

ちょっと疲れたな。

直之進は左肩をとんとんと叩いた。今日の得意先まわりを終え、帰路についたところだった。

今日もかなりの注文をもらえた。光右衛門、おきく、おれんは喜んでくれるだろう。

その三人の笑顔を思い描いたら、胸のあたりが本当にあたたかくなった。ずっとこの暮らしが続いてもいい、とすら直之進は思った。

江戸の町は完全に暮れている。三日月が夜空に浮かんでいた。星も、光の砂を空にぶちまけたように一杯に輝いている。

前はくすんだ感じがして、沼里のほうがきれいだと思ったこともあったが、季節が移ろいだ今、江戸の空も故郷と変わらない美しさを見せるようになった。

この星空を千勢も見ているのだろうか。

直之進は首を振り、足をはやめた。

道の向こうから、小田原提灯を掲げた長身の男が近づいてくるのに気づいた。

直之進はぎくりとした。

「直之進さん」

小娘のように駆け寄ってきた。

ちがった。あの殺し屋ではなかった。

「おう、樺山さん、ではなくて富士太郎さんではないか」

「名を呼んでもらえて、とてもうれしいですよ、直之進さん」

富士太郎が身をくねらす。直之進は思わず目を横に向けた。

「直之進さん、どこに行ってたんです」

直之進はどういうことになっているか、富士太郎に話した。

「ああ、また米田屋さんに代わって得意先まわりをしてるんですか。それはまたたいへんですねえ」

「でも、けっこう性に合っているようだ。今は楽しくてならん」

「そのようですね。お顔に出ていますよ」

そういったのは珠吉だ。直之進は珠吉に軽く頭を下げてから、富士太郎にきいた。

「ところで、米田屋を襲ってきた者について進展は？」

富士太郎と珠吉がそろってすまなそうな顔をした。

「それが、あまり調べてないんです」

富士太郎が正直にいう。

「今は、人殺しのほうを優先させているんです」

そういわれたからといって、直之進に不満があるわけがなかった。なんの仕事でも、まず先に片づけなければならないことはある。

「別に米田屋のことを軽んじるわけではないが、俺はそれでいいのではないか、と思う」

直之進がいうと、富士太郎は顔をほころばせた。

「ありがとうございます。殺しの一件が解決できたら、必ず米田屋さんのほうに取りかかりますから」

「そうしてもらえると助かる――」

直之進ははっと身をかたくした。

「どうしたんです」

夜の向こうから、誰かが見ているような気がした。今は、すでに消えている。

「いや、なんでもない」

富士太郎、珠吉の二人とわかれ、直之進は道を歩きだした。

あと一町ほどで小日向東古川町まで来たときだ。

「おい、女房が見つかったぜ」

直之進は横合いから、低い声をかけられた。はっとする。

「いや、女房ではなく内儀だな。おぬしはれっきとした家中の士なのだから」

直之進は声のほうに向き直った。例の凄腕の殺し屋がせまい路地に身をひそめていた。

直之進は木刀に手を置き、そっと腰を落とした。

「きさまだったのか、さっき見ていたのは」

「なんの話だ。俺はここでずっときさまの帰りを待っていた」

「ちがうというのか」

だとすると、誰が見ていたのか。直之進は息を吸った。

「ところで、内儀が見つかったといったな。どういう意味だ」

「そのままの意味さ。おまえさんが捜している内儀が見つかったんだよ」

本当だろうか。あまりに唐突で、信じられない。

「どこで」

「俺は知らん。でも、おぬしの近くにいるのはまちがいない。――それより湯瀬、ききたいことがある」

直之進は身構えるようにした。

「そんなに力まんでもいい。夏井与兵衛《なついよへえ》、古田左近《ふるたさこん》、藤村円四郎《ふじむらえんしろう》。この三人ときさまの内儀は関係があるのか」

いったいなにをいっているのか。直之進は殺し屋を見据えた。

「どうしてその三人の名を知っている」

この男がそんなことをいうからには、千勢の出奔には三人の死が関わっているということなのか。

そうか、と直之進は慄然としてさとった。この男が三人を殺したのだ。まちがいない。

となると、この男を沼里に連れ帰れば、俺の仕事は終わる。

直之進が中老の宮田彦兵衛《みやたひこべえ》から与えられた使命はこれなのだ。

宮田はこの男を生き証人とすることで、対立する派閥を糾弾し、破滅に追いこむつもりでいるのだ。

そうか、と直之進は気づいた。この前襲ってきたあの浪人ふうの男。これはその宮田彦兵衛の狙いを知った対立派閥が送りこんだ刺客ではないか。

となると、宮田の狙いは相手方に漏れているということになる。

直之進の使命を知っているのは宮田と自分だけだ。

宮田から漏れたのか。しかし……。

「なんだ、なにを深刻そうに考えている」

直之進は鋭い眼差しを向けた。

「三人を殺したのはきさまだな」

男はかすかに笑ったようだ。

「だったらどうする」

直之進は無言で木刀を腰から引き抜き、踏みこんだ。渾身の力をこめた一撃だったが、男はあっさりとかわした。

「相変わらず気の短い男だ」

男はにやっと笑ってから、体をひるがえした。吹き渡ったばかりの風にさらわれたように見えたほどの軽やかさだ。

じゃあな。その言葉が直之進の耳に残った。男はあっけないほど簡単に、闇のなかに姿を隠してみせた。

追いかけるのは無理だった。闇の壁は厚すぎる。仮に一里走ったところで、二度と男の姿をとらえることはできまい。

米田屋に戻るほんのわずかな道のりのあいだ、沼里で殺された三人のことを、直之進は思い起こした。

夏井与兵衛は末席家老。次期筆頭家老と目されていた男。男盛りの四十歳だった。

古田左近は二十二歳、夏井の家臣だ。家中では指折りの手練《てだれ》として知られていた。家中での派閥同士の対立がはじまってからは、夏井の警護役をずっとつとめていた。

藤村円四郎は使番。三十一歳。円四郎も手練として名があった。というより、家中でも五指にまちがいなく入る男だった。

そういえば、と直之進はぼんやり思った。藤村円四郎は千勢と同じ道場に通っていたのではなかったのか。

確か高村《たかむら》道場だ。千勢が教わっていたのは道場主ではなく、妻のほうだ。妻は女子相手に小太刀や薙刀を教えていた。

どういうことか、直之進にはうっすらと見えてきたような気がした。

いや、うっすらとではない。まちがいなくそうではないのか。

つまり、二人はそういう仲だったのだ。千勢は、藤村円四郎の仇を討つつもりで江戸にやってきたのか。だからこそ、自分になにもいわず屋敷を出た。

二人がそういう仲だったという話はきいたことはない。噂もなかった。

とにかく、と直之進は思った。千勢を見つければ、すべてはっきりすることだ。

目の前に影が立った。直之進は思わず身構えかけた。

「どうされたんです」

そこにいたのはおきくだった。最近では、おれんとのちがいがはっきりとわかるようになった。

心配そうな顔をしている。

直之進は、米田屋の前まで戻ってきたことに今気がついた。

「どうした、そんな顔して」

「なにか暗いお顔をされているから」

直之進はにっこりと笑顔を見せた。

「腹が減りすぎたんだ。おきくちゃん、今宵はなにを食べさせてくれるんだ」

五

まだ日があがって間もないというのに、店はやっていた。

夜ともなれば酒を飲ませる店であるのは一目瞭然で、今も縁台に腰かけ、風に吹かれながら酒を口にしている者がずいぶんいる。かなりの繁盛店のようだ。店の名は磯助《いそすけ》。

「こんな朝はやくから、いい身分だな」

珠吉がおもしろくなさそうにつぶやく。

「なんだい、珠吉も飲みたいのかい」

「いえ、あっしは別に。せがれが死んでから酒は断ちましたから」

「えっ？　そうだったのかい」

「ええ。知らなかったんですか」

「うん、初耳だよ。つまらないこと、きいちまったね」

「いや、いいんですよ」

おととし、珠吉のせがれは急な病を得て死んでしまったのだ。相当の衝撃を珠吉が受けたのは察していたが、酒断ちまでしていたとは知らなかった。

珠吉が富士太郎の前に出て縄暖簾を払い、店の者を呼んだ。なかは左手に厨房があり、正面が二十畳はある広い座敷になっていた。

「こちらがあるじです」

珠吉が一人の男を富士太郎の前に連れてきた。富士太郎が名乗ると、あるじもあわてたように名乗り返してきた。

富士太郎はさっそく問いはじめた。

「おまえさん、剛田官之介という浪人者を知っているかい」

「ええ、よく食べにいらっしゃいますから」

「五日前の夜だけど、剛田官之介は店に来たかい」

あるじは首をひねった。

「どうでしたかねえ」

厨房のほうを振り向く。おい、と女房らしい女を手招く。

女房が、なんですか、と手を手ぬぐいでふきながら寄ってきた。

あるじがいってきかせると、あるじと同じように首をひねった。

「どうでしたかねえ。五日前なら、確か夜ではなくて夕刻だったように思いますけれど、はっきりしたことは……」

確かに朝からこれだけ客が入っている店だ、夜はもっと混んでいるにちがいない。そのなかで一人の浪人が五日前に来ていたかどうか、思いだせというのが酷だろう。

富士太郎は少し考え、問いの方向を変えた。

「店の客で、剛田官之介が親しくしている者はいないかい」

もし剛田に友がいるなら、一緒に飲みに来てもおかしくはないはずだ。そして、友というのはいろいろなことを最もよく知っている。

「ええ、いますよ。町人ですけどね」

あるじによると、名は甲吉《こうきち》とのことだ。

「何者だい」

「日傭の仕事でその日暮らしをしている人です。たいていいつも普請の仕事をしていますよ」

「今日もかな」

「そうでしょうね。働き者ですから」

「なぜ剛田官之介と親しくなったのかな」

「さあ、あっしは存じませんねえ」

甲吉が出入りしている口入屋をあるじに教えてもらい、富士太郎と珠吉はそこへ向かった。

口入屋によると、甲吉はここ最近、川幅を広げる普請仕事にたずさわっているとのことだ。

場所をきいて、普請場に行った。

そこは小石川村の氷川橋のそばだ。小石川の流れが蛇行しているところで、川砂がだいぶたまっているのを大勢の人足がさらっていた。

普請場を差配する者に、甲吉を呼んでもらった。富士太郎と珠吉の前にやってきたのは、体ががっしりとした男だった。肩の筋骨の盛りあがりはすばらしく、相撲を取ったら相当強いのでは、と思えた。

富士太郎は名乗り、さっそく話をきいた。

しばらくとはいえ、普請仕事から逃れられたことに甲吉は喜びがあるようだ。機嫌がよさそうに見えた。

「ああ、官之介の旦那ですか。ええ、よく存じてますよ。知り合ったのは、この手の普請場ですけどね」

それが三年ほど前で、馬が合ったというか、それからはたびたび一緒に飲むようになったという。

「なるほど。五日前だけど、おまえさん、磯助に行ったかい」

「五日前ですか」

おうむ返しにいって、甲吉が考えこむ。

「あっしは行ってないですねえ」

「そうか。最後に剛田官之介と飲んだのはいつだい」

「十日くらい前じゃないですか」

「その頃、やつになにか悩んでいる様子はなかったかい」

「悩んでるどころか」

甲吉はとんでもない、というように大きく首を振った。

「俺はもう二度とこういう仕事はせずにすむかもしれん、ととにかくうれしそうにいってましたよ」

「どういうことだい」

「あっしもきいたんですけど、言葉を濁されちまったんですよねえ」

富士太郎は珠吉をちらりと見た。なにかきくことはあるかい、という意味だが、珠吉は、ここはもう引きあげましょう、というように目配せしてきた。

富士太郎は甲吉に礼をいった。甲吉はもっと話したそうにしていた。

「あの、剛田の旦那がなにかしでかしたんですかい」

「剛田官之介というのは、なにかしでかしそうな男なのかい」

「いえ、そういうわけではないんですけど」

富士太郎と珠吉は差配の男にも礼をいって、その場を離れた。

「もうこういう仕事はせずともいい、か。どういうことでしょうねえ」

珠吉がきく。それについては富士太郎も思案していた。

「一番に考えられるのは、ほかの仕事が見つかったということだろうね。仕官かな」

「ええ、考えられます。でも、おみくという女が邪魔になったということは」

珠吉が謎をかけるように言葉をとめる。

「そうか、婿入りだね」

珠吉がにっこりと笑った。

「とすると、あとは剛田の婿入り先を見つければ、いいことになるね」

「そうですね。その裏が取れれば、剛田官之介がおみくを殺した理由としては完璧といっていいんじゃないですか」

珠吉が眉を曇らせる。

「ただ、それでもとぼけられたら、というのがありますね。一番いいのは、目撃した者がいれば、ということですが、今のところは望み薄ですからねえ」

六

さして暑くもないのに、汗が頰にたらりと流れ落ちてきた。

剛田官之介は手の甲で汗をぬぐった。

これが焦りの汗、ということはわかっている。官之介は今、道を必死に歩いている。なにか得体の知れないものに、追われている気分だ。

小日向東古川町にある米田屋。あの店には、一度、職を紹介してもらったことがある。

長屋のある市ヶ谷田町下二丁目から小日向東古川町は近くないが、とある普請仕事がはやく終わったとき、ためしに暖簾をくぐってみたのだ。

あの店のあるじ光右衛門は商売人だ。とぼけた顔をしているが、一度見た顔を忘れるはずがない。

もし光右衛門に、その一度を思いだされたら、俺は一巻の終わりだ。

いや、俺のことなど思いだすことはないのでは、と一度襲ってしくじったときに思ってはみたが、そう都合よく話が運ぶはずもない。光右衛門の息の根をとめない限り、俺に安穏のときは訪れない。

光右衛門に傷を負わせたのは事実だから、その傷がもとで死んでくれたらと神に祈ったが、神がそんなことをきき届けてくれるはずもなかった。米田屋光右衛門は今も床の上で生きているらしい。

だから、昨日、町方同心がやってきたときには心の底から驚いた。おびえた。

その心の動揺を、同心やうしろに控えていた中間にさとられないようにするのに必死で、立て続けの問いになんと答えたか、さっぱり覚えていない。

妙なことを口走っていなければいいが、と思う。揚げ足を取られるような言葉を吐いていなければ、とも願う。

同心と中間が長屋を去ったときには、安堵の思いで畳にぶっ倒れそうだった。

こんなことをしている場合ではない、とあわてて立ちあがり、同心のあとをつけてみた。なにしろ、どこまでつかんでいるのか気になってならなかったのだ。

驚いたのは、あの同心が路上で浪人らしい者と話をはじめたことだ。

小田原提灯に淡く照らされる顔を見て、官之介はまたひっくり返りそうになるほどの驚愕を覚えた。

光右衛門を襲ったとき、助けに走ってきた浪人だったからだ。

浪人は同心、中間と笑顔をまじえて親しげに話していた。

笑いを見たことで俺のことを話しているわけではない、というのがわかり、そのことには安心したが、光右衛門とあの浪人につながりがある以上、光右衛門とあの同心にも結びつきがあるということは、疑いの余地がない。

もう光右衛門は俺のことを話してしまったのでは。

そんな怖れを抱いた。

あまりに見つめすぎたか、浪人がちらりと視線を這わせてきた。

その視線の強さに、官之介はあわてて路地に身を引っこめた。

ここにいたら見つかるかもしれん。官之介は路地の奥に向かって走りだし、その場を逃れたのだった。

長屋に帰ってきたものの、昨夜は悶々として眠れなかった。

やはり光右衛門は俺のことをあの同心に話したのではないか。

いや、ちがう。

そう結論づけられたのは、夜が白々と明けてからだ。

こうしてまだとらえられていないということは、光右衛門がまだ俺のことを思いだしていないなによりの証のはずだ。

そんなことに気がつくのにときをかけたことに、官之介はとんでもない無駄をしたような気になった。

だが、今からでもおそくはない、と長屋を出たのだ。

しかしやれるのか。

気弱さが胸をよぎる。

官之介は思わず立ちどまっていた。

今、自分がどこにいるのかもわからなくなっていた。

どうする。

喉がからからだ。とりあえず、この喉の渇きを潤したかった。

官之介は手近の茶店に入った。

茶の苦みがありがたかった。いやな汗を取り払ってくれる感じがした。

あまり食い気はなかったが、饅頭を頼んでみた。

期待したほど甘い餡ではなかったが、昨日からなにも腹に入れていなかったこともあり、とても美味に思えた。

茶のおかわりをもらい、饅頭を咀嚼した。

饅頭などこれまでいくらでも食べてきたはずだが、これがはじめて、というくらいうまく感じられた。

「おや、剛田どのではないか」

官之介ははっとして、声のしたほうに目をやった。思わず縁台から立ちあがっていた。

近づいてきたのは供を連れた侍だ。まさかこんなところで会うとは。

「なにをしておるのかな」

侍は、筒井《つつい》勝右衛門《かつえもん》という御家人だ。好々爺のようににこにこしている。

「屋敷に来たのでは？」

官之介はあたりを見渡した。そうだったのか、と納得した。知らないうちに、筒井屋敷のそばまでやってきていたのだ。

官之介は牛込五軒町にいた。

「ずいぶんひどい顔色じゃの。どうかしたのかな」

「いえ、なんでもありません」

「なんでもないような顔には見えんがの」

勝右衛門はそっとうしろを振り返り、供にいった。

「屋敷に戻ろうかの」

「あの、ご用事がおありなのでは？」

官之介は思わずいっていた。

「それがしのためにそのようなことは——」

「たいした用事ではないのよ。あとまわしにしたところで、先方は怒りはせん。剛田どのに会ったのに、連れてこなかったのがばれたら、わしのほうが叱られるわ」

勝右衛門が哄笑する。

「いえ、しかし」

「それとも、剛田どののほうに用事がおありかな。だが茶店で饅頭を食っているくらいだから、少なくとも急ぎの用ではないな」

結局、官之介は屋敷に連れていかれた。

昼食を勝右衛門、その妻、娘と一緒にとった。屋敷の一角に長屋を建て、町人を住まわせているような貧乏御家人だけに、たいした物は出てこなかったが、家族というものが強く感じられ、官之介にはとてもうまいものに感じられた。

娘の瑞穂《みずほ》がほほえみかけてくる。その瞳がきらきら輝いて、とても美しかった。

やるしかない。そのとき官之介は決意した。

米田屋光右衛門の口をふさがなかったら、俺は幸せを得ることは永久にできぬ。

七

うなり声をきいた。

琢ノ介は、それが自分の口から発されているものと知って、少し驚いた。

うなり声が出るのも当然だった。またも形勢は不利なのだから。

今日、徳左衛門と将棋をやるつもりはなかった。昨日おとといと惨敗して、一両を巻きあげられたら、どんな馬鹿だって勝負は避ける。

五つ半頃、徳左衛門がそのことなど忘れた顔でやってきた。

「駒を落とすから、勝負せんか」

「なにを落としてくれる」

琢ノ介がきくと、徳左衛門はあらかじめ考えていたように即座に答えた。

「飛車と角」

「本当か」

「二言はない」

琢ノ介は頭で計算した。いくら実力に天地の差があるといっても、大駒二枚落としてくれたら勝てるだろう。

昨日おとといの仇討ができる機会がやってきたことに、琢ノ介は内心で驚喜した。

しかし、これまでまだ徳左衛門が実力の半分もだしていなかったのが知れたのは、一局を終えたときだった。

さすがに接戦にはなったが、かたく守りをかためた徳左衛門の牙城を崩すことができず、逆に琢ノ介は飛車を逃した手を指したところをつけこまれ、角を失った。

そのとき徳左衛門の口から出た言葉は、次のようなものだった。

「琢ノ介どの、王より飛車をかわいがってはいかんな」

琢ノ介は屈辱に、ぎりと歯を噛み締めた。なんとかしようとしたが、それはあがきにすぎなかった。次いで飛車も手放すことになった。

それで勝負は一気に動き、琢ノ介はあっけなく敗北に追いこまれたのだ。

琢ノ介はそのとき、もうやらぬ、とわめいたのだが、徳左衛門が飛車角に加え、金と銀を一枚ずつ落とす、というから勝負にのったのだ。

このときも、琢ノ介は考えた。飛車に角を落としただけで接戦になったのだから、今回はいくらなんでも勝機はあろう。しかも金銀が足りなければ、あのかたい守りも成立しまい。

なにしろ、『金なし将棋に受け手なし』というくらいなのだから。

しかし、どうやらこれも過ちだったことに、おくればせながら気づいた。

「これはどうにもならんな」

盤面をのぞきこんでつぶやいた。

「いやいや、まだまだ。勝負はなにが起きるか、わからんものぞ」

「いや、これは無理だ」

すでに飛車角は取られてしまっている。こちらに攻め手はない。

それにしても、と琢ノ介は盤面を見つめて思った。どうして飛車角が取られてしまったのか。まるで徳左衛門に妖術でもつかわれたかのようだ。

琢ノ介は投了しようとした。どうやっても勝ち目は見いだせなかった。

甘言にのってやるんじゃなかった。後悔が胸をひたす。

ふと、徳左衛門が顔をあげた。そのときには琢ノ介も気がついていた。

なにか得体の知れない気が入口のほうから流れてきていた。

琢ノ介は刀架にかけてある刀を腰に差した。徳左衛門は身に脇差を帯びているのみだ。

きゃあ。いきなり女の悲鳴がした。おきくかおれんかわからないが、変事が起きたのだ。

どうしたっ。琢ノ介は叫びざま廊下に飛びだした。

廊下を覆面をした男が突進してくる。おきくとおれんが折り重なるように倒れているのが見えた。

二人とも、もぞもぞと動いている。押し倒されただけのようだ。

賊は白刃を右手に持っている。

「きさま、何者だ。許さんぞ」

琢ノ介は怒りにまかせて叫び、刀を抜き放った。ぐっと腰を落とし、賊を迎え撃つ体勢を取った。

覆面の男が何者なのかわからないが、この前、光右衛門を襲った者であるのは明らかだ。まさか押しこみではあるまい。

せせまい廊下のなか、男が刀を振るってきた。琢ノ介は受け、ぐいと力まかせに横に払った。男は細身だが剛力で、琢ノ介の刀は逆に押された。

琢ノ介は体ごと押され、足が床をずずずと滑った。これで突き放されたら、こちらが不利だ。

琢ノ介は力を入れ直し、男を押し返そうした。そこに足払いがきた。

琢ノ介はあっけなく横転した。やられる。一瞬覚悟したが、男は琢ノ介に目を向けることなくあっという間に乗り越えていった。

男は手近の襖をあけた。光右衛門を捜しているのだ。くそっ、と毒づいて次の間の襖に向かう。

まずい、と琢ノ介は思った。そこには光右衛門がいる。

あわてて立ちあがって、光右衛門、逃げろっ、と琢ノ介は叫んだ。

男が襖に手をかけた。ひらこうとする腕ががしっとつかまれる。

徳左衛門が男の腕を握っていた。

「きさま、放せっ」

しかし徳左衛門の力はゆるまない。男は右腕の刀を振りあげた。

徳左衛門が男の腕を放す。男はうしろにたたらを踏むような形になった。

そこへ徳左衛門が襲いかかった。ひゅん、と風切り音がし、男があっと悲鳴に近い声をあげる。

はらりと覆面が落ちる。男があわてて押さえようとするが、間に合わない。

徳左衛門は右手に脇差を持っている。

その凄腕に、琢ノ介は仰天した。相手がどう動くかわからないあの体勢で、覆面だけを斬るなど。

そのすばらしい手練は男にも伝わったようで、男があわてて身をひるがえした。

琢ノ介は立ちはだかった。しかしまたあっけなく廊下に転がされた。

男は、ようやく抱き合うようにしてよろよろと立ちあがったおきくとおれんに体当たりをかますようにして、廊下を駆け抜けていった。二人の姉妹は悲鳴とともにまた転倒した。

徳左衛門が、大丈夫か、と琢ノ介に声をかけてきた。

「ああ、なんとか」

琢ノ介は腰に痛みを覚えたが、平気な顔を保った。徳左衛門が手を差しのべてくる。琢ノ介はその手を握った。

琢ノ介を立たせて、徳左衛門がおきくとおれんのもとに向かった。

「二人とも大事ないか。怪我はないか」

「はい、大丈夫です」

二人は声をそろえて答えた。琢ノ介が見る限りでも、確かに二人はどこにも傷などは負っていないようだ。

そこまで見届けて、琢ノ介は光右衛門のことが気になり、うしろを振り返った。

襖が半分あき、そこから光右衛門が顔をのぞかせていた。

「なんだ、米田屋、もう立てるのか」

そういわれて、光右衛門はびっくりした。

「本当だ。立ててますね」

脇腹の傷に痛みが走る。いててて。光右衛門は顔をしかめ、腰を折った。

「無理するな、寝ていろ」

琢ノ介の肩を借りて、布団に戻る。ありがとうございます、と光右衛門は布団に横たわった。

「顔を見たか」

琢ノ介にきかれ、光右衛門は深く首をうなずかせた。

「ええ、しっかりと」

「知った顔か」

きかれて、どうだっただろうか、と先ほど見た賊の顔を脳裏に描いた。

見覚えはまちがいなくある。しかも最近、見たばかりだ。

あの顔は。光右衛門は思いだした。

「あのときの男だ」

「あのときとは？」

「女と抱き合っていた男ですよ」

「はあ、なんの話だ」

「それがどうして殺しに来るんでしょう」

「米田屋、もう少し筋道を立てて話さんか」

そういったのは徳左衛門だ。おれんも寝間にやってきていた。

「おきくはどうした」

「自身番に行きました」

光右衛門は眉根にしわを寄せた。

「一人で行かせて大丈夫か」

「そうだな。どれ、わしが見てこよう」

琢ノ介が気軽にいって、寝間を出ていった。

光右衛門は徳左衛門に顔を向け、今の男をどこで見たか話した。

「あの寄合の帰りね」

おれんが合点していう。

「女と抱き合っていたところを見られたのがしくじり、とあの男が思っての仕業としか思えんな」

徳左衛門が襲撃の理由を推測した。

「米田屋、今の男と会ったのは、その一度きりか」

そういえば、と光右衛門は思いだした。今の男は一度ここに来たことがあるのではないか。そうだ、まちがいない。

「仕事を紹介したことがあります」

「そういうのは、帳面に残すのではないか」

そうです、と答えて光右衛門はおれんに帳面を持ってきてもらった。戻ってきたおれんから、光右衛門は奪い取るようにした。寝床で帳面を繰る。

だが、なかなか見つからなかった。

「おかしいですね。まちがいなくあるはずなんですが」

「そんなに焦らずともよい。ときはたっぷりとある」

徳左衛門の言葉が終わった直後、その名が目に飛びこんできた。

「ありました。これです」

光右衛門は徳左衛門に見せた。

「剛田官之介か」

徳左衛門が帳面をにらみつけている。

「まちがいないのだな」

「ええ、まちがいございません」

「どんな仕事を紹介した」

「それはそちらに書きこんであります」

光右衛門は指さした。

「ふむ、筒井勝右衛門さまお屋敷、と記されているな」

「ええ、そうです。筒井さまは御家人でいらっしゃるんですが、そこの下働きです」

「さっきの男に下男のような仕事を紹介したのか」

「ええ、そういうことになります。でも剛田さま――いえ、剛田官之介も納得ずくでした。筒井家のただ一人の下男が病にかかり、その代わりになる者を筒井さまでは欲されていましたから」

「どのくらい働いていたんだ」

「下男が本復するまで、およそ一月のはずです」

光右衛門は思いだして口にした。

「住みこみでした」

八

しくじった。もう終わりだ。

官之介の頭のなかを、絶望という文字がよぎってゆく。

草むしり、水汲み、薪割り、風呂炊き、畑仕事、肥撒き。

いわれることはなんでもやった。まさに骨身を惜しまずに働いた。

畑に水を撒いているときだった。声をかけてきた者がいた。

「お疲れではないですか」

屋敷の一人娘だった。

その笑顔のまぶしさに、官之介は思わず見とれた。

「いや、大丈夫」

官之介は我に返ったように答えた。

「汗が一杯ですよ」

娘はきれいな手ぬぐいを渡してくれた。

「ありがとう」

そのやわらかな手ざわりは、官之介にとってはじめてのものだった。

「これでふいてもよろしいのか」

「もちろんですよ」

頭を下げて、官之介は額や頬の汗をぬぐった。汗が吸い取られてゆくのがわかり、ひじょうに心地よかった。

「手ぬぐい、返していただけますか」

「ああ。でも、わしの汗で汚れてしまっているが」

「それを承知でふいてもらったんですから。私、洗濯が得意なんです。すぐにこれもきれいになりますし」

そういえば、いろいろな仕事はやったが、洗濯と炊事だけは官之介はしていない。きっとこの娘がやっているのだ。

「私の顔になにかついていますか」

官之介は、娘をじっと見つめていることに気づいた。

「いや、なんでもござらぬ」

「そうですか。でも剛田さまって、とても働き者ですわね」

「そうかな」

与えられた仕事をこなしているだけで、官之介にはあまりその意識はない。

「陰日向なく働くのは、見ていてとても気持ちがいいものです」

「そうかな」

「私、剛田さまの働く姿を見ているのがとても好きです」

ぽっと頬を赤らめた娘は一礼し、その場を去っていった。

残された官之介は、ぼうっとしていた。若い娘にあのようなことをいわれたのは久しぶりだった。

いや、若い娘と会話自体かわしたのが、いつ以来かわからないくらいだった。

娘の名が瑞穂、というのは知っていた。

瑞穂とはそれ以後、顔を合わせるたびに話をするようになった。

瑞穂の紹介で、母親の美喜恵《みきえ》とも親しくなれた。高六十石の御家人だけに、美喜恵も町人のようにざっくばらんだった。

瑞穂だけでなく、美喜恵にも気に入られたのが官之介にはわかった。

そんな頃、一日の仕事を終え屋敷の隅に建てられた納屋のような小屋に引きあげようとして、官之介は呼びとめられた。

瑞穂だった。

「お食事を一緒にいかがです」

「えっ、でも」

「かまいませんよ。父上も官之介さまと話してみたいと申しているんです」

官之介は、食事はいつも小屋でとっていた。食事は膳が台所に用意され、そこから持ってきていたのだ。

井戸で水を浴び、汗を流した。春のことで、こんなことをしてもさほど寒くなかった。もっとも、もともと寒さには強いほうで、冬のあいだも川に入って体を洗うなどということをよくしていた。

髪もしっかりととのえ、洗濯してもらったばかりのきれいな着物に着替えて官之介は食事の席についた。

「なるほど、なかなかいい男ではないか」

当主の筒井勝右衛門がほめてくれた。

「いえ、そのようなことは」

「謙遜せずともよい」

勝右衛門が柔和に笑う。

「瑞穂が惚れるのもわかる」

「ま、父上」

瑞穂が目をみはる。

「本当のことではないか」

勝右衛門がからかう。美喜恵も、口に手を当て、ほほほ、と笑った。

「もう……」

瑞穂が下を向く。そんな仕草も愛らしく、官之介は抱き締めたいくらいだった。

夕餉の主菜は目刺し鰯だった。魚を食べるというのは、官之介にとって久しぶりのことで、信じられないくらい美味に感じた。

「おいしいですか」

瑞穂が心配そうに見ている。

「とても。こんなにうまいものを食べたのは、いつ以来か思いだせないくらいです」

「よかった」

瑞穂が手を叩いて喜ぶ。

食事が終わったあとは、少しだけだが勝右衛門が酒を飲ませてくれた。

お酌は瑞穂がしてくれた。

「そんなふうに寄り添っておると、夫婦みたいに見えるの」

勝右衛門が軽口を叩く。官之介としては、そうなったら、という願いは持っていたが、決して口にだせることではなかった。

自分は、生まれついてのただの浪人でしかない。父もずっと浪人だった。祖父がなにか過ちをしでかして、主家を致仕したのは知っていたが、そんな昔に主家に仕えていたことなど、自慢になどなりはしない。

「官之介どの、どなたかいい人がいらっしゃるのですか」

横から美喜恵がきいてきた。

「いえ、そのような者はおりません」

おみくのことが脳裏をかすめたが、官之介はすぐに押しだした。

「本当ですか」

美喜恵が笑いながらいう。

「官之介どのは男前ですから、娘御が放っておかないのではないですか」

「いえ、そのようなことはまったく」

息をつめていたらしい瑞穂がほっと息を吐きだす。

そういうことがあって、官之介は二日に一度は食事に呼ばれるようになった。

そしてあと数日で、下男が本復するというとき、考えられないことが起きた。

「官之介どの、話がある」

夕餉がはじまる前のことで、瑞穂は台所のほうでまだ火をつかっている様子だった。席に着いた官之介に向かって、まじめな表情の勝右衛門が口をひらいたのだ。

「おぬし、当家の婿になる気はないか」

最初は、勝右衛門のいっていることの意味をとらえかねた。というより、あまりに意外な申し出で、言葉が耳を素通りしてしまった感じだった。

「えっ？　なんでしょう」

官之介は、ただきき返すことしかできなかった。

勝右衛門が笑って繰り返した。

「まことですか」

とても信じられることではない。奇跡が舞いおりてきたとしか考えられなかった。

「むろん、官之介どのがいやでないなら、だが」

いやであるはずがなかった。

「どうですか、官之介どの。瑞穂の婿になっていただけますか」

美喜恵が言葉を添えるようにきく。

「本当にそれがしでよろしいのですか」

「もちろん」

勝右衛門が間髪を入れずうなずく。

「娘はおぬしと夫婦になることを望んでおる。わしとしては、娘の幸せをまず第一に考えたい。むろん、おぬしの人柄も見せてもらった。こんな小身の御家人だが、是非、婿に来てもらいたい」

婿入りどころか、官之介はすでに仕官すらとうにあきらめていた。

この筒井屋敷にやってくる前、おみくとは一緒になる約束をしたばかりだった。しかもおみくは、腹に子がいる、といってきた。

なんとかしなければ。官之介は焦った。

おみくは真実をいって、身を引いてくれるような女ではない。

官之介のなかに殺意が芽生えたのはこのときだった。

九

月が出ている。

三日月ではあるが、満月にも負けないような煌々とした光を放っていた。

「よく見えるでしょ」

おきくがそばに寄ってきた。

「ああ、とても」

直之進は、おきくから発せられる娘特有のにおいにかすかに息苦しさを覚えた。

「この座敷は月見にはとてもいいんですよ。おとっつあんも、中秋の名月にはお酒が飲めるかもしれません」

直之進は、ふふ、と笑った。

「まったく治りがはやいな」

「ええ、それだけは昔から誰にも負けないですね。ほんと頑丈です」

路地に面した部屋のほうから、人の訪う声がきこえてきた。とうに店は閉めているから、客人が米田屋に入るのには、枝折戸がつけられた庭のほうしかない。

「富士太郎どののようだな」

直之進がいうと、おきくがうなずいた。

「ちょっと行ってきます」

おきくは名残惜しげな表情をちらりと見せたが、足早に座敷から姿を消した。

富士太郎と珠吉が座敷にやってきた。

「直之進さん、会いたかったですよお」

富士太郎が、女のようにはしゃいだ声をだす。珠吉がいなければ、抱きついてきそうな勢いだ。

富士太郎に次いで、琢ノ介も姿を見せた。琢ノ介にややおくれて徳左衛門もあらわれた。

徳左衛門が、その場に町方同心と中間がいることに驚いた顔をした。

直之進はあいだに入り、富士太郎と珠吉に徳左衛門のことを紹介した。

「よろしくお願いいたします」

富士太郎と珠吉が礼儀正しく頭を下げる。こちらこそ、と徳左衛門が返した。

光右衛門も起きられるようになっていて、おれんに支えられて座敷にやってきた。

「大丈夫か」

直之進はたずねた。

「大丈夫ですよ。治りは誰よりもはやいものですから」

「そうらしいな」

全部で八人での夕餉となった。珠吉は遠慮しようとしたが、おきくや光右衛門が是非ご一緒に、というと、そうですかい、とうれしそうな表情を見せた。

「そうだ、珠吉。遠慮などすることはない。この家のいいところは、飯だけはうまいことだ。存分に食べていくほうがいい」

琢ノ介がはやくも箸をつかいはじめた。

「平川さま、飯だけというのはお言葉ですな」

光右衛門が抗議するようにいう。

「言葉の綾だ。気にするな」

八畳の座敷にこれだけいると、さすがににぎやかだ。

「おきく、なんだ、この魚は」

琢ノ介が箸で切り身をつまみあげた。

おきくが笑う。

「魚じゃありませんよ」

「そうですよ、平川さん、それは鳥の肉じゃないですか」

富士太郎が笑みを浮かべていう。

「そうか。これは鳥か」

琢ノ介が口に放り入れるようにした。

「ふむ、うまいな。噛むと、旨みがどんどん出てくる」

直之進も食べた。確かにうまい。ほどよく脂がのっており、飯との相性もいい。

「なんの鳥だ」

琢ノ介が問う。

「雉です」

「雉か、はじめて食べた」

直之進も同じだった。故郷の沼里でも雉を食べている者はいたが、直之進の口に入ったことはなかった。

「わしも久しぶりだの」

徳左衛門もうれしそうに箸をつかっている。

「ふむ、やはりうまいの。精がつきそうな気がするわ」

「ご隠居、その精は、ほんと、女のほうにつかってくださいよ」

琢ノ介がぼやく。

「そうすれば、将棋のほうに頭がまわらなくなるんじゃないかな」

「頭がまわらなくなっても、おぬしには負けんよ」

徳左衛門がはっきりという。

「その通りだろうな」

直之進がいうと、琢ノ介ががくりとした。

「やはりそうか」

「しかし、うまいな、この鳥は」

光右衛門もむしゃむしゃやっている。

そんな感じで夕餉は終わった。

「お酒、持ってきましょうか」

ほとんどの片づけを終えたおきくがきく。

「気がきくな。頼む」

琢ノ介にうなずき返して座敷を出ていったおきくは、大徳利を抱えて戻ってきた。

「やっと酒盛りのはじまりだな」

大徳利を受け取った琢ノ介が一転、表情を輝かせて光右衛門を見やる。

「こうしてわしたちが集まったのも、おぬしを狙った者がつかまった祝いという名目だが、なんといってもわしはこいつが目当てだからな」

うれしそうに大徳利をなでさする。

「まあ、なんでもよろしいですよ。こうして皆さんが集まってくださって……」

光右衛門が目元をぬぐう。

「嘘泣きだろう。おぬしがこの程度で涙ぐむはずがない」

琢ノ介が指摘する。

「ばれましたか。――さあ、楽しくやりましょう」

湯飲みが配られ、豆腐やたくあん、椎茸の煮つけたものなどが並べられた。

「おい富士太郎、さっそくきかせてくれ」

酒を一口飲んで、琢ノ介がせかす。

「よろしいですよ」

富士太郎もうれしそうに湯飲みに口をつけ、唇と舌を湿らせた。

「剛田官之介は長屋に戻っていました」

神妙な顔で語りだした。

「おとなしくしており、あらがうことは一切ありませんでした」

「覚悟していたんだな」

琢ノ介がいって、湯飲みの酒を一気に干した。直之進は大徳利を傾け、注いだ。

「おう、すまんな」

「直之進さん、それがしにもください」

富士太郎が湯飲みを突きだす。

「富士太郎、おめえ、なに焼餅を焼いてるんだ」

琢ノ介がちゃかす。

「焼いてませんよ、そんなもの」

富士太郎がぐびりと飲む。

「へえ、意外にいい飲みっぷりなんだな」

「あれ、平川さん、知らなかったんですか。それがし、酒は大好きですよ。はっきりいって底なしです」

「ほう、そりゃ頼もしいな。底なしといえば、直之進もそうだぞ。飲みくらべをやったらどうだ」

「えっ? 直之進さんもそんなに飲めるんですか」

「いや、今はもう駄目だな。昔はけっこう飲めたが。それで富士太郎さん、剛田はどうしておみくさんという娘を殺すに至ったんだ」

富士太郎が剛田官之介の背景を語った。

「そんな事情があったのか」

直之進は嘆息した。

「だからといって、人を殺すことは許されんぞ」

琢ノ介が真剣な口調でいう。

「その通りだ」

直之進はいい、少し考えた。おそらく、官之介はそれまでの暮らしからずっと逃げたくてならなかったのだろう。

だが、幸運などどこからも降ってくるはずもなく、あきらめの気持ちで毎日を暮らしていたにちがいない。

それが米田屋の暖簾をたまたまくぐったことで、信じられない機会が訪れることになったのだ。

それで、目がくらんだ官之介は人としての道を踏みはずしてしまった。

自分はどうなのか、と直之進は自らをかえりみた。俺は踏みはずしていないか。

いや、と自嘲気味に思った。とうの昔に人の道など歩んでいない。

「どうした、直之進」

琢ノ介にいわれ、直之進は顔をあげた。

「ちょっと酔ったみたいだ」

「このくらいで酔うなんざ、本当に弱くなったんだな」

軽口を叩くようにいったものの、琢ノ介の瞳は深い色をしていた。

直之進は視線をあげ、富士太郎を見た。

「剛田官之介はどうなる」

「斬罪ということになると思います」

二人の娘がそばにいることを慮って、富士太郎が小声で答える。

「そうか、そうであろうな」

徳左衛門がつぶやく。

「死が与えられるのだよな」

酒が不調法な徳左衛門のために気をきかせておきくがいれた茶を、一息に飲みほした。

「一番の手柄を立てたお人が、そんな声をださんでほしいな」

琢ノ介が自分の湯飲みに酒を注ぐ。

「まさか後悔なんてしてないですよね。もしご隠居がいなかったら、米田屋光右衛門は今頃どうなっていたか」

「ちょっと待て、琢ノ介」

直之進は言葉をぶつけるようにした。

「おぬしはなにをしていたんだ」

「湯瀬どの、そこは武士の情けじゃ、きいてやりなさんな」

「かまわんですよ、ご隠居。わしは二度も剛田に投げられて、なんの役にも立ってないんだ。――昨日はとにかく調子が悪かった」

「そのようだったの」

徳左衛門が同意を見せる。

「わしが将棋で叩きのめしすぎたのかもしれん。あれで、力が残っていなかったのであろうよ」

「将棋で負け、剛田官之介にも負け、まったくさんざんな一日だった」

琢ノ介がいかにも情けなさそうな顔をする。それを見て、誰もがどっと笑った。

あいたたた。光右衛門が腹を押さえる。

「おとっつあん、大丈夫？」

おれんがあわててかき抱くようにする。

「ああ、大丈夫だ。ちょっと笑いすぎた」

それを見て直之進は心がなごんだが、おや、と思った。どこかで同じような光景を見たことがある。

すぐに思いだした。あれは、千勢の実家に夫婦で行ったときだ。

庭木を伐っている際、梯子から落ちて怪我をした千勢の父親を見舞ったのだ。

父親は腕の骨を折り、足をくじいたが、とても元気だった。

乞われるままに一緒に夕餉ということになり、直之進たちは席についた。父親は千勢の母親に食べさせてもらっていたのだが、吸い物にむせた。

そのときあわてて立ちあがったのが千勢で、大丈夫ですか、と父親を抱きかかえるようにして、背中をさすったのだ。

父親は二ヶ月後、卒中で急死した。

今、千勢はどうしているのだろう。

そして、俺は千勢を見つけたらどうするのだろう、とあらためて自らに問うた。

帰るのか、沼里に。

いや、俺は江戸にいたい。沼里には戻りたくない。

沼里に家族はいない。いるのは一族だけだ。仮に自分がいなくなったところで、誰かが湯瀬家の家督を継ぐだろう。

いや、湯瀬家はそのまま断絶ということになるかもしれない。

それでもかまわなかった。家というものに、縛りつけられたくはない。

この、江戸にいるという自由さを直之進は手放したくなかった。

直之進は心に決めた。

よし、俺は江戸にとどまるぞ。

あの殺し屋を見つけたところで、とらえることはしない。

宮田彦兵衛にいいようにつかわれるのは、もういやだった。

「どうされました、湯瀬さま」

おきくが声をかけてきた。

「また考えこまれているようですけど」

「いや、なんでもない」

「なんでもないことはなかろう。千勢どののことではないか」

琢ノ介がずばりといった。

おきく、おれんの二人がはっとする。

「少しは考えたが、別のことだ」

「湯瀬どの」

今度は徳左衛門が呼びかけてきた。

「おぬしのうしろには、いったいなにが隠されているのかの。千勢どののことだけでなく、なにか別のことがあって江戸に出てきたのではないか」

その問いに、直之進は答えることができなかった。

第四章

一

一から出直し、という気持ちだった。

千勢は、この前、おはまという女をつかって顔を見せた男の人相書を新たに描いた。

長屋を出る前に、人相書をひらいて確かめている。

なかなかいい出来だと思う。あの男の特徴をよくとらえていた。

これを常に目にしているようにすれば、ふとした折りに見かけたときも即座にあの男だ、と直感できるにちがいない。

千勢は二枚の人相書を手に、再び男を捜しはじめるつもりでいた。

二人の男を捜しだす。今、自分にやれるのはそれしかない。

長屋を出て、男に罠にかけられた小石川大塚上町のほうへ行った。

千勢のなかで、いやが上にも期待は高まっている。あの男は、このあたりを根城にしているのかもしれない。

となれば、何人もの人があの男の顔を見ているかもしれない。

千勢は行きかう人や、目についた店の暖簾をくぐっては客や奉公人に二枚の人相書を見てもらった。

まさに手当たり次第、という言葉がぴったりくるほどだった。

しかし、それだけの人に見てもらっても、心当たりを持つ人に出会うことはなかった。

そんなことをしているうちにあっという間にときは流れてゆき、あたりにははやくも夕闇が立ちこめはじめた。

とにかく派手にやることだ、と千勢は信じていた。そうすれば、きっとまたあの男はあらわれるはずだ。

二人は裏街道を歩いている者だろう。こうして顔が売れてゆくのは、最もきらうはずなのだ。

夜になる前に、千勢は長屋への帰路についた。今日は奉公先の料永からは休みをもらっているが、あまりおそく長屋に帰るのは避けたかった。

夜が深まれば、あの男がなにか仕掛けてくるのでは、との思いがある。

いや、と千勢は思った。むしろそのほうがいいのではないか。あの男におくれを取るはずがない。今度こそ、とらえることができるだろう。

そうなれば、あまりはやく帰る必要はない。どこかで腹ごしらえをしてゆこう。

そうと決めたら、まっすぐ帰る必要はない。遠まわりしてもよかった。

ゆっくりと歩いているうちに、本当に腹が空いてきた。

ここはどこなのだろう。千勢は道行く人に、たずねた。

小石川伝通院前陸尺《ろくしゃく》町ということだった。

小石川ならはじめて来た町とは思えないが、すっかり日が暮れたせいもあって、風景はまったく見覚えのないものとなっていた。

大きな提灯が目に入る。正田屋《しょうだ》、と黒々とした字で記されていた。

縄暖簾がかかっていることから、夜は酒を飲ませるのだろうが、どうやら食事もできそうだった。

魚でも煮ているらしい醤油のいいにおいがしている。

海のそばの沼里の出だけに、千勢は魚に目がない。もっとも、魚を食べられるのは、月にせいぜい一度ほどではあったが。

煮つけた魚の香りに惹かれ、千勢は縄暖簾をくぐった。

いきなり目立つ女が入ってきて、店のなかは一瞬、すべての視線が千勢に注がれた。客はほとんどが男だった。

千勢は気恥ずかしさを覚えたが、かまわず座敷にあがり、端のあいているところに正座した。

「いらっしゃいませ」

小女がやってきた。

「お酒ですか」

「いいえ、食事をお願いしたいの。いいにおいがしているけど、あれは？」

「秋刀魚を醬油で煮つけているんです」

「では、それをください。ご飯とお味噌汁、お漬物もつけて」

「わかりました。ありがとうございます」

小女は厨房のほうへ行きかけて、足をとめた。

「お客さんもとてもいいにおいですね」

千勢は懐から匂い袋を取りだした。

「私もそういうの、ほしいな」

小女はにっこりと笑顔を見せて、厨房に注文を通しに行った。

お待ちどおさまです。なにかものいいたげな男たちの無遠慮な視線にさらされながら待っていると、注文したものがやってきた。

ほっとして千勢は箸を取り、つつましく食べはじめた。おいしいはずだったが、男たちがずっと見ているので、あまり味はわからなかった。

とにかく腹が満ちたことに満足して、千勢は立ちあがった。

なんだよ、もう帰っちまうのかよ。もっといてくれればいいのに。どうせなら、一緒に飲みたかったぜ。

そんな声がざわめきのようにきこえてきた。

千勢はなにもきこえない顔で、勘定をすませた。その際、二枚の人相書を小女に見せ、見たことがないか、きいた。

「あれ、この人」

小女が指さしたのは、沼里の妙旦寺で見た男の人相書だった。

「ああ、これね」

「知っているの？」

「前に店に来たことがあるんです」

「本当？」

「はい。——旦那」

小女が厨房を振り返り、なにか焼き物に精だしている男を呼んだ。

「なんだい」

他の奉公人にその場をまかせて、男が近づいてきた。

「これを見てください」

小女が人相書をこの店のあるじらしい男に手渡した。

「この人、この前、来た人ですよね」

あるじが明るいほうに人相書を掲げ、目を凝らす。

「ああ、そうだね」

深くうなずいた。千勢に顔を向けてくる。

「このような人相書を持ってらっしゃるということは、この人を捜しているんですか」

「ええ。居場所をご存じなんですか」

「いえ、そういうわけでは。あの、こちらの人とどういう関係なんです」

どう答えようか、千勢は迷った。

「夫です」

結局、いつもの答えになった。

「えっ？　そうなんですか」

あるじがまじまじと見つめてくる。

「――わかりました。わかっていることだけ、お話ししますよ」

「お願いします」

「手前にはぼんやりとした面影が残っているだけですけど、この人には、前に米田屋さんが連れてきたお侍のことをきかれましたよ。そのお侍が沼里の出らしいことを話したら、ちょっと驚いたようでしたね。そのことは気になったんで、米田屋さんとそのお侍がこちらに見えたとき、お話ししましたけど」

千勢は深く息を吸い、心を落ち着けた。

「米田屋さんというのは？」

「小日向東古川町で口入屋を営んでいる人です。手前とは幼なじみでしてね。向こうのほうが二つばかり上なんですが」

「米田屋さんは名はなんというのです」

千勢は、教えられた名を胸に刻みこんだ。

「それで、米田屋さんが連れてきたお侍というのはどなたです」

ききながら千勢には確信があった。あるじがいいよどむ。

「湯瀬直之進どのですね」

千勢のほうから口にした。

「えっ、ご存じなんですか」

「ええ、まあ」

小女がまっすぐ見つめてきた。

「もしや、湯瀬さまがお捜しになっているご内儀では？」

千勢はどきりとした。

「では、これで」

急ぎ足で店を出た。

胸がどきどきしている。

それにしても、と千勢は思った。夫は、小日向東古川町にいるのだ。自分が住んでいる音羽町四丁目から、さほど離れてはいない。

どうする。行ってみようか。

いや、すでに自然に足が向かっていた。

道は仕事帰りの職人や、これから店にでも行くのか早足で歩く若い女、すでに酒が入り気勢をあげている酔っ払い、まだこれから納品にでも行くらしい、荷を背負っている商家の手代らしい若者などが行きかっている。

米田屋は人にきくまでもなく、すぐにわかった。暗くなってきているが、まだ店はやっているようだ。

店の名が記された提灯が入口の脇につるされている。

千勢はそっと庇の陰からのぞきこんだが、ぼんやりとした明るさに包まれた土間に人けはなかった。

「あの、なにか」

不意にうしろから声をかけられ、千勢はびくりとした。

きれいな娘が立っていた。豆腐が三丁ほど入った小鍋を両手で持っている。

「いえ、なんでもありません」

千勢は娘の横を通りすぎようとした。

あっ、と娘が口を動かした。

「千勢さまでは？」

「えっ」

千勢はあわてて駆けだした。待って。娘にいわれたが、足はとまらなかった。

二

番頭と手代がそろって見送りに出てきてくれた。

「湯瀬さま、またいらしてください」

「ありがとう。またお邪魔させていただく」

塩を扱う店だった。ここでは塩を舟に積みこむ人足が二人ほしい、といわれた。そのことは腰につるした帳面にすでに記してある。

今日はここまでにするか。

秋の短い日とはいえ、まだ外は十分に明るかった。暗くなるまでにはまだ一刻以上あるだろう。

かなり注文はもらえた。これだけの注文を持って帰れば、いくらはやい帰りだといっても光右衛門は文句はいうまい。

途中、姿のいい女が路地から出てきたのに出会った。うしろに供らしい年寄りがついている。

「おう、お美嶺どのではないか」

直之進は声をかけた。

「ああ、これは湯瀬さま」

お美嶺が顔を輝かせ、お辞儀をする。いかにも大店の娘らしいていねいさだ。

「一蔵も元気そうだな」

「おかげさまで」

「お花の帰りか」

一蔵はしわを深めて笑った。

「いえ、ちがいます」

「では？」

「お茶の帰りなんです」

「お茶もはじめたのか」

「いえ、こちらも前からやっていたんです。でも、月に二度くらいなので、湯瀬さまが私の警護についてくださったときに行くことはありませんでした」

直之進が江戸に出てきてはじめて用心棒の仕事についたのは、お美嶺の警護だった。

お美嶺は小田屋という油問屋の大店の一人娘だが、その器量に惹かれた馬鹿者がつきまといはじめたのだ。

それで米田屋を通じて直之進が雇われ、見事、つきまとっていた者をとらえ、番所につきだした。

そのおかげもあって、仕事を離れたあともこうして親しく話ができる間柄になっている。

「そうか。茶道は楽しいか」

「ええ、とても。お湯がわくのを待っているときなど、とても心が落ち着くのがわかります」

「お湯がわくときか。お茶を飲むときではないんだな」

「ええ、松風と呼ばれるあの音が私、とても気に入っているんです」

お美嶺が真剣な視線を当ててきた。

「湯瀬さま、剣術を教えてくださるという話、どうなりました」

「ああ、それか。別に失念していたわけではないが、今は教えている暇がないな。お美嶺さん、一蔵、米田屋のことはきいているか」

「ああ、はい、存じあげています。お見舞いにも行かず、申しわけございません」

「そんなのはいいさ。別に気にすることではない」

直之進は、今どういうことをしているか、お美嶺と一蔵に告げた。

「そうなんですか。米田屋さんの代わりに得意先まわりを……」

「そういうわけなんでな、米田屋が本復するまではまず無理だな」

「わかりました。それでけっこうでございます。急ぐことでもありませんし」

お美嶺がじっと見あげてきた。

「でも、お忘れになっては困りますよ」

「うむ、そのあたりは大丈夫だ。常に心がけておくゆえ」

直之進は、お美嶺と一蔵とここでわかれた。

しかしお美嶺どのはきれいだな、と直之進はほれぼれした。一人娘だからいずれ婿を迎えるのだろうが、その婿となる男はとても運のいい男だ。

そういえば、と直之進は思いだした。以前、お美嶺の用心棒についたとき、お嬢さまは湯瀬さまのことをとても気に入っておられるようですよ、と一蔵がいったことがあったが、俺が小田屋の婿に入るということはないだろうか。あるはずがなかった。俺はいったい、なに馬鹿なことを考えているのだろう。

直之進は首を振って、早足で歩きだした。

途中、小石川伝通院前陸尺町に入り、正田屋の前を通った。

今日も繁盛していた。あれだけうまくて安いなら、それも当然だろう。

魚のいいにおいが路上に、煙のように漂い出ている。

魚好きの直之進は、かなり惹かれるものがあった。なにしろ昼からなにも腹に入れていないのだ。空腹は耐えがたいものがあった。

ここで食べていくか、という誘惑に駆られた。しかし、食べていってしまえば、おきく、おれんがせっかく支度してくれている夕餉が腹に入らなくなってしまう。

食べられるにしても、少なくとも、さしてうまいものではなくなってしまうだろう。

それだけは避けたい。あの二人は、自分がうまそうに食べるのを楽しみにしているようなところがある。

そうだ、と直之進は思いついた。確か、この近所の者が小鍋を持って魚などの肴を買いに来ていたことを思いだした。

魚を人数分持って帰り、みんなで食べればいいのではないか。小鍋は正田屋が貸してくれるにちがいない。

直之進はごくりと喉を鳴らして、縄暖簾を払おうとした。

いや、それも駄目だ。そんなことをしたら、自分たちがつくっているものがおいしくないのだ、とおきく、おれんは思ってしまうだろう。

魚の煮つけはあきらめ、直之進はきびすを返そうとした。

湯瀬さま。小女のお多実《たみ》の元気のいい声が浴びせられる。縄暖簾をこちら側に払って、駆け寄ってきた。

お多実とは、もうすっかりなじみになっている。夜もこれまで、光右衛門と何度も飲みに来ていた。

この店に、以前あの殺し屋らしい男があらわれ、自分のことをきいていったのもわかっている。そのことは、あるじの浦兵衛《うらべえ》が教えてくれたのだ。

「先ほど、ご内儀らしい女の人があらわれたんです」

話すのももどかしそうにお多実がいった。

浦兵衛も店の外に出てきて、そばに寄ってきた。

「ええ、お多実のいう通りなんですよ」

「いつのことだ」

「ええ、本当についさっきです。追いかければ、つかまるかもしれないですよ」

「本当に千勢か」

直之進は信じられず、懐から人相書を取りだした。

「ええ、そうです。この人ですよ」

「はい、まちがいありません」

浦兵衛とお多実は口々にいった。

浦兵衛が首をかしげる。

「不思議なのは、ご内儀は湯瀬さまでない人相書の男を、夫だといったんですよ」

そのことについて、直之進はすんなりと合点がいった。おそらく、あの殺し屋を捜す名目だろう。

「ご内儀は、米田屋さんに向かったのではないか、と思えるんですが」

「そうか。ありがとう」

礼をいって直之進は走りだした。空腹を忘れ、道を駆け抜ける。

小日向東古川町に入った。

いつもはすぐに見えてくる店がなかなか見えてこない。

道をまちがえたのでは、といぶかったとき、米田屋の提灯が見えた。

店先におきくがいる。どこか呆然とした表情に見える。

直之進が走り寄ると、今、とあわてたようにいった。

「千勢さまが」

ふと、あたりにいいにおいがしているのに直之進は気づいた。秋風にさらわれることなく、漂っている。

これは、と直之進は思った。千勢が一緒になる前から大事にしていた匂い袋の香りだ。

「どこへ行った」

「あちらへ」

おきくが指さした方向へ、直之進は駆けだした。

三

胸がどきどきしている。

千勢はうしろを振り返った。さっきの娘が追いかけてきているか、と思ったが、いっそう濃くなった闇が厚い壁をつくっているだけで、その壁を突き抜けてくるような者はいない。

少し足をゆるめた。

息をつき、千勢は気持ちを落ち着けようとした。

しかし動悸は静まらない。

千勢はまた振り向いた。どうやら、と思った。あの店で直之進が世話になっているのはまちがいないようだ。

自分を捜しに出てきた、というのは本当なのだろう。

私を見つけてどうするつもりなのか。沼里に連れ帰るのか。

一緒に帰ることに関して、千勢はそれでかまわない。

ただ、沼里に帰ったところで以前のような暮らしには戻れないだろう。それははっきりしている。

そのことは直之進もわかっているはずだ。それなのに捜しに来た。

つまり直之進も、わけを知りたいからではないか。なぜ妻は失踪したのか。

私がいなくなって、と千勢は考えた。夫はどんな苦労をしたのだろう。

おそらく、まわりの者に笑われたにちがいない。妻に逃げられた者として。

それを思うと、千勢は直之進に申しわけなくてたまらなくなる。どうしようもなくすまない気持ちになる。

しかし、そうは思っても、やはり私たちが一緒に暮らすことは二度とないだろう。私が沼里をあとにした理由を直之進が知れば、なおさらだ。

千勢は、暗いなか提灯もつけないままで歩いているのに気づいた。府内では、夜間、提灯なしで歩くのは禁じられている、ときいている。

それは沼里でも同じだ。千勢は習慣として、小田原提灯を懐にしまい入れている。取りだし、火打ち道具をつかった。

小さな提灯だけにそんなに明るくはないが、少なくとも道を行くのに不都合はない。

音羽町の町並みが続く、長い道に入った。遠く先にあるはずの護国寺は見えない。すでに闇に取りこまれている。

商家の軒先には提灯がつるされ、それが淡い光を路上に投げかけている。その光を浴びて道を行きかう人たちが、どこか墨絵のように見えている。今、筆と画紙があれば、その感じを巧みに描けそうな気がした。

ふと、千勢は視線を一点でとめた。思わず眉間にしわを寄せている。見まちがいだろうか、と最初は思った。だが、紛れもなかった。

十間ほど先を、あの男が横顔を見せて歩いているのだ。この前、おはまという女をつかって私を空き家に誘いこんだ男だ。

歩調はずいぶんとゆっくりだ。まるで身重の女房のそばにでもついているかのようだ。

千勢は男に厳しい視線を送りながらも、内心で首をひねらざるを得なかった。こんなふうに唐突にあらわれるなど、偶然とは思えない。

誘っているのでは、という気がした。いや、まちがいなくそうだろう。

どうするか。

乗るべきなのか。

取り返しがつかないことにならないか。

いや、ここはぶつかるしかない。

千勢は誘いに乗ることにした。どのみち、捜しだすべき男なのだ。向こうからあらわれてくれたというのは、僥倖といってよかった。

千勢は懐にある短刀に触れた。今度こそ、と決意を新たにした。

男は相変わらずのんびりとした風情で、歩き続けている。手に持っているのは、千勢と同じ小田原提灯だ。

どこに行くのだろうか。

わかるはずもない。今はついてゆくしか手立てはない。千勢は五間ほどをへだてて、男の背中をじっと見据えて歩き続けた。

ときおり男は、うしろの気配をうかがうような仕草をする。千勢が確かについてきているか、探っているのだ。

そんな心配はいらない。

千勢は心中でいい放った。

男が音羽町四丁目にかかった。

千勢は、まさか、と思った。私の長屋へ行くつもりでは。

ちがった。男は千勢の住む長屋への路地など見向きもせず、護国寺へ通じる大通りを北へ進んでゆく。

二丁目に入り、男がはじめて立ちどまった。あたりをうかがうようなそぶりを見せたあと、右に曲がり、せまい路地へ身を入れた。

そこからはかなり急ぎ足になった。千勢は見失わないように、駆けるようにして追いかけた。

男は一軒家の前で再び足をとめ、枝折戸をあけて庭に入っていった。沓脱ぎで雪駄を脱ぎ、障子をあけて姿を消した。

家の向こう側に、木々を通して武家屋敷らしい塀が連なっているのが見える。

このあたりだと、と千勢は地勢を思いだした。陸奥《みちのく》磐城平で三万石を領する安藤家の下屋敷のはずだ。

千勢は枝折戸の前に立ち、どうするかを考えた。

また待ち伏せされているのではないか。それはまずまちがいない。

今度はあの男にも油断はないだろう。迂闊に入っていって、とらえられるような真似だけは避けたい。まず無事には出てこられない気がする。

じっとそこに立ったまま、家の気配をうかがった。

なにもきこえてこない。家は静かなものだ。明かりも灯っていない。

ひっそりとして、本当に男が入っていったのか、それすらも怪しく感じられるようになった。

どうしよう。

行くべきだろう。行くしかない。

よし、行こう。

千勢が決断したとき、背後に人の気配が煙のように立った。

ぞわっと全身がそうけだつ。千勢は懐に手を差し入れつつ、振り返った。

男がほんの五寸ほどのところにいた。だが、さっきまでつけていた男ではない。

沼里の妙旦寺で見た男だ。

千勢は短刀を抜こうとした。しかしその前に強烈な衝撃を腹に受けた。

うっ。痛みはなかった。逆に頭に血がのぼったような感じだった。

あたりの景色が、幕でもかけられたように一瞬にして消え失せた。

焦りがある。

私はなにをそんなに急《せ》いているんだろう。

こんなことをしていてはいけない。はやく動かなければ。

しかし動きが取れない。腕も足も動かないのだ。

どうすればいい。なんとかしなければ。

はっとして目が覚めた。

千勢はまわりを見まわした。

どこかの部屋にいた。がっちりと手足に縛めをされ、畳に転がされている。

ここは、と思った。さっきの一軒家のようだ。隅に暗く行灯が灯っている。

質の悪い油のようで、じじじ、と盛んに黒煙をあげている。腐ったような油のにおいが、部屋には充満していた。

千勢はなんとなく反対のほうへ視線を投げた。どきりとした。

そこに二人の男がいたからだ。

二人とも畳に座りこんで、千勢をじっと見ている。瞬きしない目が不気味だ。

一人はさっきまでつけていた男。もう一人は私を気絶させた男。沼里で見た男だ。

その男が立ちあがり、近づいてきた。男の目の冷たさに、思わず体がかたくなる。

恐怖が身のうちを這いあがってきた。吐き気が喉を押し破ろうとしている。千勢は必死に戦い、吐き気を抑えこんだ。

男が目の前に腰をおろした。

「気がついたか、湯瀬直之進のご内儀」

千勢はにらみつけることしかできなかった。私はあなたのこと、知っているのよ。いいたかったが、喉がからからで、声が出なかった。

「怖いか。そうだろうな」

男が腕を伸ばしてきた。ひんやりした手が頬に触れた。

「白い肌だな。この肌を湯瀬直之進は追ってきたのか」

指が喉にかかり、一瞬、首を絞められるのか、と千勢は思ったが、男はただすっただけだった。

それだけで背筋が凍るような気味の悪さが残った。

「そんなにかたくならんでいい」

なおも男が低い声で続ける。

「おまえさん、さすがにちょっとやりすぎたようだな。——承知の上だったんだろうが、あそこまで派手に人相書を見せびらかされては、こちらとしても黙っているわけにはいかなかった。それで、こういう形を取らせてもらった」

低いのは相変わらずだが、意外につやのあるいい声をしている、と千勢は冷静に思った。耳にすんなりとなじむ感じだ。

男が不意に両手を掲げた。紙が広げられている。それが人相書であるのに千勢は気がついた。

びりりという音が耳を打った。破られた人相書が千勢の上に撒かれた。

「そんなことをしても無駄です」

千勢は声をしぼりだした。

「また描くだけです」

男がにやりと笑う。

「二度と描けんよ。おまえさんはここで死ぬんだから」

死の宣告をしたとはいっても、男の口調にはなんら変わりはない。ただ淡々と事実を告げる感じだ。

「こいつにも怪我をさせてくれたし」

男はもう一人の男を指で示した。

「俺にとって大事な男でな、そんな真似をした女を許しておくわけにはいかんのだ」

男が手にした短刀がすっと引き抜かれる。短刀をひらひらさせて見せびらかすようにした。

あっ、と千勢は思った。それは自分のものだった。

「今、殺すのか」

もう一人の男がきく。

「いや、俺は例の始末をつけてくる」

「例の始末ってまさか。――今からやる気なのか」

「あんなのは、はやくすませちまったほうがいいだろ」

男は千勢の短刀を懐にしまった。

「しかし、なにもこんなときに」

「今宵、やつは女のところに出かけるんだろ。絶好の機会だ」

「それはそうだが……」

「この女の始末はおまえにまかせる。しっかりやっておけよ」

「いつ戻る」

「すぐだ。たいした仕事ではない」

男は障子をひらき、風のように座敷を出ていった。

四

どこへ行った。

いない。千勢はどこにもいない。

しかしあきらめるつもりなど、直之進にはなかった。

これだけの機会を逃したら、次はいつ訪れるか。いや、永久にやってこないかもしれない。

直之進は右手に小田原提灯を掲げ、左手に千勢の人相書を持ち、道を走りまわった。行き当たる人すべてに人相書を見せた。

しかし、誰も千勢らしい女を見かけた者はいなかった。

夜が深まってきて、いかにも秋らしい風が吹きはじめているというのに、直之進は汗みどろだった。

くそっ、どこへ行った。

直之進は今、辻に立っていた。前に進むか、それとも左右どちらかに折れるか。

判断しかねたが、前だ、と走りだした。ここはもう勘しかなかった。

しかし、勘だけというものでもなかった。直之進は、千勢の匂い袋から発される香りをうっすらと嗅いだような気がしていた。

次の町に入った。自身番に寄り、こういう女が通らなかったか、つめている町役人にきいた。

「さあ、わかりませんねえ」

そこにいる者すべてが、申しわけなさそうに頭を下げた。まるで直之進の迫力に押されたかのようだった。

「ありがとう」

礼をいって、直之進は次の町に向かった。

今、千勢はどこにいるのか。

あらためて直之進は考えた。道はちょうど、江戸川に架かる江戸川橋を渡ったところだった。護国寺へ向かう、道幅の広い大通りが行く手に見えている。

北へまっすぐ行ったのか。

それとも右か。いや、左かもしれない。

右へ行けば、小日向水道町のほうだ。左は、関口台町へつながっている。どっちだ。

直之進は心を落ち着け、匂い袋の香りがしないか、大気を嗅いだ。最初はしなかった。だが、ほんの一瞬だが、前のほうからにおいが流れてきたような感じがあった。

直之進は行く手を見据えた。まっすぐだ。土を蹴って駆けだした。

護国寺の長い大通りは、将軍の参詣のための御成道として、道の幅を広げてある。大通りの両側は、音羽町の町並みがずっと続いている。提灯の明かりに煌々と照らされ、参詣を終えた者たちがずいぶんとたむろしているのが影絵のように見える。

ふつう町並みというのは、江戸城から近いほうが一丁目、遠ざかるにつれて二丁目、三丁目、というふうになっているのだが、この町は逆で、護国寺のほうから一丁目、二丁目、というようになっている。

これについて直之進は以前、光右衛門にきいたのだが、護国寺が五代の綱吉公によって建てられたからでしょう、ということだった。

直之進は九丁目の自身番に入った。ここは隣の桜木町と一緒の自身番になっている。

ここでは千勢らしい者は見ていなかったが、あれ、と一人のまだ若い町役人が千勢の人相書を目にして声をあげた。

「この女の人、見たことありますよ」

「どこでだ」

「いや、ちがいますね」

町役人が首を振る。

「すみません、そんな気がしただけです」

「町内に住んでいるのではないのか」

「いえ、それでしたら、まちがいなくわかりますから」

直之進は九丁目の自身番を出て、八丁目の自身番に訪いを入れた。

そこでも千勢の人相書を見せた。

「うーん、見たことないですなあ」

「手前も見覚えはないですよ」

町役人だけでなく、つめている書役も熱心に見てくれた。

「なにかどこかで見たような顔、されていますねえ」

「どこで見たか思いだせんか」

「いえ、すみません、手前にはわかりかねます」

自身番を出て、直之進は次の自身番に向かった。

七丁目は八丁目の自身番と一緒になっているということで、次に足を踏み入れたのは、音羽町六丁目の自身番だった。

ここでも手がかりは得られない。

さすがにもう見つからないのでは、という弱気が胸をかすめた。それに走り続けて、息が切れている。

こんなことはこれまでなかった。体がなまっている。

直之進は情けなくなった。

しかし、疲れを覚えているのは事実だった。直之進は立ちどまり、ほんの少し、息を入れた。

それだけで、体に活力が戻ってきた気がした。

よし、これからだ。直之進は決意も新たに、走りだした。

当たりを引いたのは、四丁目の自身番だった。

「まことか」

直之進は思わず勢いこんだ。

「ええ、この人はうちの町内に住んでいるお登勢さんですよ」

目の前のかなりでっぷりとした町役人は落ち着いて答えた。

「おとせ？　千勢ではないのか」

「いえ、お登勢さんです」

「どこに住んでいる」

「いえ、それはちょっと」

町役人が警戒したように上目づかいに見る。

「あの、お侍はどなたなんです」

「俺か、俺はこの女の亭主だ」

直之進はわざと伝法な口調でいった。

「ええっ？」

自身番のなかには、三人の町役人と一人の書役がいた。全部で四人の男たちが、声をそろえたのだ。

「でも、お侍は人相書と全然ちがいますよ」

「どういう意味だ」

「お登勢さん、ご亭主の人相書を常に持っているんですけど、その人相書とお侍、まるで似てらっしゃらないんですよ」

「千勢は、いや、そのお登勢さんはどうして人相書を持っているんだ」

「夫を捜しているからですよ」

そういうことか、と直之進は理解した。千勢はきっと、どこかであの殺し屋の顔を見ているのだ。どうしてか藤村円四郎など三人を殺した者があの殺し屋であると確信し、得意の絵筆を振るって、人相書を描きあげたのだろう。

「そのお登勢どのだが、今日はもう住みかに戻ってきたか。これくらい教えてくれてもいいだろう」

町役人たちは顔を見合わせていた。年かさの一人がうなずく。

「いえ、まだ戻っていないですね」

「いつも帰りはおそいのか」

町役人たちは口ごもっている。

「どうなんだっ」

直之進はやむを得ず腰の木刀を叩き、声を荒げた。

「は、はい。あの、料理屋につとめているんで、帰りはおそいです」

「どこの料理屋だ」

「いえ、あの今日は休みを取ったといっていました」

「だが、まだ帰ってきていないんだな」

「はい、そういうことです」

「今日、どこへ行くといっていたか」

「いえ、きいていません。ただ、夫を捜しに行くとだけ」

わかった、といって直之進は四丁目の自身番をあとにした。住みかに行って千勢を待つことも考えたが、なにかが千勢の身に降りかかったのでは、という予感をぬぐうことができずにいる。

さらに大通りを進んだ。

三丁目は四丁目と一緒の自身番になっているために、直之進は二丁目にやってきた。

また自身番で千勢のことを町役人たちにきいた。

「この人なら知ってますよ。料永という料亭で働いていますから」

「ええ、手前も存じてます。確か、四丁目に住んでいるんじゃなかったでしたかね」

「この人、さっき来た気がしますねえ」

一人の町役人がいった。

「本当か」

「ええ、まちがいないです。ゆっくりとそこの道をそちらへ行きましたよ」

町役人は手を右に振ってみせた。

「なにしろきれいな人だから、まちがえようがないです」

「本当にその通りです」

町役人たちはうなずき合っている。

「ありがとう」

直之進はいい置いて道を急いだ。

流れる水の音がきこえてきた。それにつれて、水のにおいもしてきた。

これは鼠ヶ谷《ねずみがや》下水だろう。音羽町の裏手に沿って、江戸川に注ぎこんでいる。

直之進は行き当たる人すべてに人相書を見せて捜しまわったが、千勢は見つからなかった。

くそっ。どこへ行った。

直之進は立ちどまり、小田原提灯を大きく振った。

やはり千勢の身になにかあったとしか思えない。

見つけないと、とんでもないことになりそうな気がしてならない。

直之進は必死に心と体を励まして、千勢を捜し続けた。

それでも見つからない。むなしくときがすぎてゆくだけだ。

駄目か、とさすがにあきらめかけたとき、ふっと匂い袋の香りが直之進の鼻先をかすめていった。

これは。

直之進は思わずにおいのほうへ顔を振り向けた。

そこにいたのは、これから飲み屋にでもつとめに出るらしい若い二人の女だった。

「ちょっとおぬしたち」

直之進は近づき、声をかけた。

「なんです」

二人の娘はややおびえた表情をしている。それでも直之進が無理に笑顔をつくると、少し表情がほぐれた。

「どちらか匂い袋を持っているようだが、見せてもらえぬか」

右側の娘のほうが、えっ、という顔をする。

「おぬしか。見せてほしい」

「どうしてです」

娘が不満そうにいう。

「捜している女の手がかりになるかもしれんのだ」

「捜してる?」

「ああ。そのにおいがする匂い袋を、その女が持っているんだ」

二人の娘が顔を見合わせた。

「この町に入ったまではわかっているんだ。そこから先が……。おぬしの持っている匂い袋、どこで手に入れた」

直之進は真摯にたずねた。その気持ちが伝わったようで、娘が懐から匂い袋を大切そうに取りだした。

「これですね」

受け取り、直之進は提灯を近づけた。まちがいなかった。これは千勢のものだ。

千勢は匂い袋にわざわざ根付《ねつけ》をつけていたのだが、蛙が今にも柳の枝にはねようとしている意匠の根付だった。今、目の前にある根付はまさにそれだ。

「これをどこで」

直之進は再度ただした。

娘たちは弁明をはじめた。

「盗んだんじゃないんです、拾ったんです。今から自身番に持ってくところだったんです」

「そうか。どこで拾ったか、教えてくれるかい」

二人の娘が案内してくれたのは、近くの一軒家だった。枝折戸があり、その向こうは木々がたくさん植えられた庭になっている。

濡縁のところの障子はしっかり閉じられていて、灯りはついていない。いかにもひっそりとしていて、人の気配は感じられない。

「ここで拾ったんです」

娘が指さしたのは枝折戸のそばだった。

「匂い袋はここの人のじゃないのか」

直之進は一応いってみた。

「いいえ、ちがいます。だってここ、男の人が一人で住んでいますから」

「そうか」

つまり、あの殺し屋の住みかがここなのか。千勢はこの家に忍びこもうとした、ということになるのか。そして、その前にとらわれの身になった。

縛めをされて転がっている千勢の姿が脳裏に浮かび、直之進は木刀を握り締めた。

なにもされていないだろうか。そんな思いが脳裏を占め、そのような感情がまだあることに、直之進はむしろ戸惑いを抱いた。

「あの、どうかされたんですか」

娘の一人が小さな声でいった。

「うん？　なにがだ」

「いえ、急に険しいお顔をされたので」

「いや、なんでもない」

直之進はにこりと笑みをつくり、ありがとう、と頭を下げた。

二人の娘はほっとした表情を見せた。

「あの、その匂い袋はお侍からその女の人に返してやってください」

娘の一人が、直之進の握り締めている匂い袋に目を向けていった。

「わかった、そうしよう」

直之進は匂い袋を懐にしまった。

「あの、もうよろしいですか」

娘がきいてきた。直之進は家を一度にらみつけてから、二人に視線を戻した。

「申しわけない。一つ頼みごとをしたいのだが、かまわぬかな」

五

二人の娘が急ぎ足で去ってゆくのを見送って、直之進はひらりと生垣を越えた。

すぐさまかがみこみ、あたりの様子をうかがう。

家は相変わらず静かなものだ。

ここに殺し屋がいるのか。そして、千勢がとらわれているのだろうか。

濡縁にあがり、閉められている障子に耳を当てる。

なにもきこえない。

いや、待て。ちがう。なにか人の声がしていないか。

直之進は耳を澄ませた。

最初ははっきりとわからなかった。しかし確かにきこえる。風に乗ってきこえる遠くの声のように心許ないものでしかないが、きこえる。家の奥のほうだ。

直之進は障子を見つめた。

ここをあけて入るしかないのか。

それしかないようだ。なかにあの殺し屋がいるのなら、この障子があくことで乱れる大気を確実に感じ取るだろう。

だが、千勢の身を考えるなら、あけるしかない。ほかの入《はい》り口を捜しているいとまはないだろう。

直之進はそれでも用心を重ね、障子の向こうに人がいないか、気配を嗅いだ。いない。

そう判断して体が入るだけ障子をあけ、身をくぐり抜けさせると、すぐに閉めた。

気づかれただろうか。

気に病んでも仕方なかった。部屋を突っ切り、柱の陰に身を寄せた。

目の前の襖はあいている。そこから先ほどの男の声が通り抜けてくる。誰かに話しかけているように思えた。

声の主があの殺し屋なら、話しかけられているのは千勢ではないか。

ということは、生きている。思わず安堵の息が出た。

はっと口をつぐむ。男の声が途絶えたからだ。

気づかれたか。心の臓が痛くなるようなときが刻々と流れてゆく。

男がまた話しはじめた。

よかった。直之進は額に浮き出た汗を指でそっとぬぐった。

中腰の姿勢のまま、なかに進んだ。

意外に広い家だ。さらに二つほど座敷を抜けた。

声が明瞭になってくる。眼前の襖の向こうに男はいるのだ。

近づきすぎたか。直之進は、次の部屋にいる男があの殺し屋なら、まちがいなく感づかれる場所までやってきてしまったことに気づいた。

まずいぞ。気がつかれたら、不意を衝くことはできない。

しかし男はまだ話を続けている。

この声は、と直之進は思った。あの殺し屋の声ではない。あの殺し屋はもっと低い声だ。今きこえている声も低いことは低いが、響きがちがう。

あの殺し屋はどこにいるのか。

少なくとも、部屋のなかの気配は二人。一人は話をしている男。もう一人は千勢だろう。ときおり苦しげに身をよじるような衣擦れの音がするのは、千勢が縛めをされているからにちがいない。

直之進は、襖の向こうにいるのがあの殺し屋でないなら、と襖を一分（分は一寸の十分の一）ほどひらいてみることにした。

千勢を助けるためには、男がどこにいるのか位置をつかんでおかなければならない。

いきなり襖をあけ、飛びこんでみたはいいものの、千勢に刃物が突きつけられており、身動きが取れなくなる、というようなことは避けたい。

指先に力を入れすぎないよう、静かに襖をあけた。息のつまるような緊張が体を包みこむ。幸い、なんの音もしなかった。

それでも男に気づかれなかったか、直之進は気になった。

男の声は変わりなく続いている。

行灯が灯されているのがまず目に入った。

男はどこだ。声のほうに目を向ける。

いた。隅だ。一人の男が横顔を見せ、匕首をもてあそんでいる。

その視線の先には、横たわった女。

千勢だ。きっと強い目をしている。男をにらみつけていた。

怖くないはずがないだろうに、その思いをまったく外にだしていないのが、いかにも千勢らしかった。

「それで、おまえさん、どうやって三人を殺した者が江戸にいるってわかったんだ」

男が千勢に問うた。

千勢が低い声で答える。

「三人が殺されたのを知って私は、妙旦寺という寺に行きました。そこであの男を見かけていたものですから。宿坊の者は、人相をいうと、江戸からおいでになったお方です、と教えてくれました」

「それで江戸にやってきたか。宿坊で本当のことを告げたからよかったものの、もしちがう土地のことを告げていたら、そこへ行っていたのか」

「当然です。でも……」

「でも、なんだ」

「あれだけの腕を持つ男です。剣術の盛んな江戸の者だろう、というのははじめて顔を見たときに直感しました」

「なるほど」

男がなんの感情もこもっていない相づちを打つ。

「それにしても、その藤村円四郎とかいう男におまえさん、そんなに惚れていたのか。湯瀬直之進という立派な夫がいる身だというのに」

「藤村さまが亡くなって、どれだけ大事に想っていたか、はっきりとわかりました。心に大きな穴があいたようでした。死なれて、どうしようもなく藤村さまにお会いしたかった……」

「そうかい。それで仇を討たなければならない、と決意したわけか」

男が千勢を見て、言葉を継ぐ。

「しかし、その気持ちを湯瀬直之進にいえるはずもない。それで、おまえさんとしては黙って姿を消すしかなかった。こういうことだな」

やはりそういうことだったか。

直之進は心中でつぶやいた。これまでに積みあげてきた推測はまちがっていなかったが、そのことに喜びがあるはずもなかった。

「しかし俺たちがこのあたりにいるとよくわかったな」

「江戸中をさんざん捜しました。あれだけの腕ならどこかの道場にいるのでは、と人相書を手に、ひたすら道場だけをまわり続けました」

「ほう」

「自分でも、こんなので見つかるのかと思いましたが、しかし天は私を見放しませんでした。捜しはじめてちょうど三月後、とある道場主が、この男なら知っている、といったのです」

「北山《きたやま》道場か」

「そうです。あの男が若い頃修行した道場です」

「今も若いぜ」

「それであの男の出自も名もわかりました。倉田佐之助。子細あって取り潰しに遭った御家人の三男坊」

そういう男だったのか、と直之進は思い、名を胸に彫りつけるようにした。

「屋敷のほうには行ってみたのか」

「もちろんです。今はとうに別のお方が入っていました。でもこのあたりがあの男が生まれ育った町。ならば、私もこのあたりに住んでいれば、きっといつかあの男にめぐり合える、そう信じました」

　はっ、と男が馬鹿にしたような声をだした。

「無鉄砲な女だな、おまえさんは。そんなんだから、せっかく俺たちに会えたのに肝腎なつめを誤るんだ」

　男が匕首をじっと見た。

「三ヶ月で北山道場を見つけたといったが、当座の暮らしはどうしていたんだ」

「屋敷から三十両を持ってきました」

「ほう、大金ではないか。湯瀬家は小普請組のはずだが、よくそれだけの金があったな」

「嫁入り前、父がひそかに渡してくれたお金です。困ったことがあったときにつかえ、と」

「いい親父じゃねえか」

　男が千勢に視線を注ぐ。

「ところで、湯瀬直之進というのは何者だ」

「小普請組三十石の士です」

「それだけじゃないだろう」

直之進はぎくりとした。この男は知っているのか。

「どういう意味です」

「やつは、人を殺したことがあるのではないか」

千勢が目をみはる。

「知りません」

「本当か。倉田佐之助はやつと立ち合っているんだが、やつの目には人を殺したことのある者だけが持つぎらつきがあったそうだ」

そこまで見抜かれていたのか。直之進は心の臓が高鳴った。男にきき取られそうで、なんとか静めようとするが、逆に心の臓の鼓動はさらに激しいものになった。

「一緒に暮らしたのは一年ほどらしいな。やつに、そういうそぶりはなかったということか。なかなか抜け目のない男だ」

「あなたはどうなのです」

千勢が叫ぶようにいった。

「どうなのです、というのは？」

「人を殺したことがあるでしょう」

「俺が？　どうかな」

千勢が言葉を重ねる。

「倉田佐之助とどういう関係なのです」

「御家人の部屋住仲間さ。幼い頃から親しくつき合ってきた」

「佐之助は殺し屋ですね。あなたはどういうふうにその仕事に関わっているのです」

「いろいろ知りたがる女なんだな。おまえさんにいう必要はない、といいたいところだが、教えてやろう。殺しの仕事を俺が取ってきてやっているんだ」

「それで上前をはねているのですね」

「形としてはそうなるか。だが、俺に上前を、という気持ちはまったくない。正当な報酬を受け取っているだけだ」

「自分は手を汚さず、正当な報酬ですか。よくいえたものです」

「なんだ、俺を怒らせようとしているのか。今さら無駄なことだぜ」

男が立ちあがった。冷たい目で、千勢を見おろす。

「これまで長々と話をしてきたが、よくわかったよ」

「なにがです」

「おまえさんの一番の力となっているのは、なによりその藤村円四郎という男だということがな。今も恋しいのか」

千勢は少し考えたようだ。

「わかりません。恋しいことは恋しいですが、今は、殺されたときいたときほどの気持ちではないようです」

「ふん、薄まっちまったか。女にはよくあることだよな。しかし、今から殺されるというのに、おまえさん、よくもそんなに冷静に答えられるものだ。女にしておくには、惜しい器量だぜ」

男がひざまずき、匕首を振りかざした。

「恋しい男の待っているあの世へ、今逝かせてやるよ」

六

行灯の明かりを受けて、匕首が鈍く光る。

待てっ。直之進は襖を蹴り破って飛びこんだ。木刀を振るい、匕首をびしりと弾く。

「きさま」

右腕を押さえた男が目をみはる。

直之進は正面からはっきりと顔を見たが、やはりこれまで見覚えのない男だ。

あの殺し屋はどこに行ったのか。とにかくここにいないのは幸いだ。

「千勢、大丈夫か」

「あなたさま」

千勢は横たわったまま呆然としている。

「それだけ声が出れば、大丈夫だな」

男が床の間の刀架から刀を取り、一気に引き抜いた。

「今、助けてやる。待ってろ」

千勢が畳に横たわったまま、うなずいた。瞳が輝いている。

その瞳を見て、直之進は心がうずくのを感じた。千勢が嫁いできて間もない頃、よく見せていた輝きだ。

考えてみれば、失踪直前の頃にはそういう輝きなどなくなっていた。

それだけ藤村円四郎の死は、千勢に衝撃を与えたということなのだろう。

どうりゃ。気合とともに、男が突っこんできた。

天井に刃が当たらないよう、袈裟斬りより浅い角度で刀が振りおろされる。

直之進はかわし、胴を木刀で狙った。それは打ち返されたが、その斬撃の軽さは男の腕をはっきりと教えていた。

たいしたことはない。

余裕が出た直之進には、男を殺すつもりはなかった。

生きてとらえ、さまざまなことを吐かせなければならない。特に、沼里のことをききたかった。

宮田彦兵衛の命《めい》などでなく、自分の気持ちとして、誰が三人を殺すように依頼してきたのかを直之進は知りたかった。

どうりゃ。今度は胴に刀を振ってきた。直之進は軽々と払いのけ、男の顔に木刀を浴びせた。

むろん、ふりにすぎず、あわてて顔をそむけた男の小手があらわになった。

すっと木刀を引き、小手を狙い打とうとした。刀を取り落とせれば、とらえるのは簡単だろう。

木刀は小手を打ち貫いた。男はぎゃあ、と悲鳴をあげたが、刀を取り落とすようなことはなく、必死の形相でさらに刀を振りおろしてきた。

直之進はよけ、左の肩先を打とうとした。それを避けようとして、男がずると畳に足を滑らせた。横たわる千勢の着物を踏んだのだ。

直之進が、あっと思った瞬間、男の首筋を木刀が打った。

かつ。軽い手応えしか残らなかった。

だが、男の首は妙な具合に曲がっている。

ああ。男から幼い子供のような声が発された。舞いのようにくるりと体をひるがえし、人形のようにどたりと倒れ伏した。

畳に押し潰されたような横顔が見えている。目はひらいたままだ。瞳に光はない。もう息をしていなかった。

殺してしまったか。直之進はさすがに立ち尽くした。

「死んだのですか」

直之進は答えず、千勢の縛めを解きにかかった。

手足が楽になった千勢が、ああ、と吐息とともに抱きついてきた。

意外だった。直之進は抱き返し、久しぶりに妻のにおいを存分に嗅いだ。

「でもどうしてここがわかったのです」

顔を離して千勢がきく。

「これだ」

直之進は懐から匂い袋を取りだした。

「こいつが居場所を教えてくれた」

千勢は不思議そうだ。

「どういうことです」

「あとで話す。それより、ここをはやく出よう」

直之進は千勢を立ちあがらせた。

「いつからそこに」

千勢が蹴り破られた襖の向こうの部屋を指さす。

「かなり前だ。話はきかせてもらった。千勢が江戸に出てきたくだりもきいたよ」

半年ぶりに会ったのに、言葉がすらすら出てきたことに、直之進は意外な気持ちを覚えた。呼び捨てにしたのも不自然な感じはなかった。

「そうですか……」

千勢が下を向く。

「すみませんでした」

「なにを謝る。だが、藤村どのの仇を討つ気なら、確かに一言ほしかったな」

よし行こう、と直之進が千勢に声をかけたときだった。外から足音がした。

やつだ、と直之進はさとった。

「倉田佐之助です。例の始末をしてくる、と出かけたんですが、戻ってきたのでしょう」

始末だと、と直之進は思った。殺し屋が始末といったら一つだ。

こんなときにやつは仕事に出たというのか。まだ右手に握ったままの木刀に、直之進は目を落とした。

これで、やつとやり合えるだろうか。この前、戦ったときの苦い思いがよみがえる。

光右衛門の警護についたときだ。

直之進は必死に戦ったが、木刀では光右衛門を守りきれず、光右衛門の足に傷を負わせてしまった。

「恵太郎」

佐之助が呼んでいる。その声にはどこか切迫したものがあった。

きっと勘のいい男だろうから、幼なじみになにかあったことをすでに感じているのではないか。

「そこにいろ」

千勢に隣の間に行くようにささやいて、直之進は障子脇の壁に身を寄せた。

どすどすと荒い足音が近づいてきた。

からりと障子があく。顔を見せたのは、あの殺し屋だった。

「恵太郎」

畳に横たわっている人影に気づく。信じられない、という顔で呼びかけ、座敷に入ってきた。

直之進は無言で、木刀を振りおろした。頭を打って気絶させるつもりだった。

佐之助の鬢のあたりをとらえたかに見えたが、木刀は空を切った。

佐之助はうしろにはね跳んだのだ。

直之進は自らの甘さを知った。気絶を狙うような甘い斬撃では、眼前の男を仕留められるはずもなかったのだ。

やるなら殺す気でいかねばならなかった。直之進は唇を嚙み締めた。しくじりだ。

ていた。


「きさまっ」

倉田佐之助が怒鳴り、抜刀した。目が真っ赤に充血している。顔は怒りに満ちていた。


突っこんできた。刀が猛然と袈裟に振られる。

直之進はがしんと受けた。その直後、手応えがなくなり、気がついたときには木刀の半分が切り取られていた。

死んだ男とはあまりに腕がちがいすぎる。直之進はすでに体《てい》を成していない木刀を見て、どうすればいい、と自問した。

とにかくこの木刀では、もはやどうすることもできない。

そうさとり、倒れた男が手にしている刀を見つめた。

その目の動きを見た佐之助が斬りかかってきた。刃先が胴にくる。

直之進はうしろに下がることでよけた。間髪を入れず逆袈裟が見舞われる。

直之進は半分しかない木刀で横に弾いたが、またも木刀はすぱりと切られた。

さらに半分になった。もうなんの力も与えてくれないのは明らかだ。

くそ、このままではやられる。

直之進のそんな気持ちを読んだように佐之助がにやりと笑い、憐れむ瞳《め》をした。

「決着をつけてやる。そこに隠れている女も道連れにしてやろう。ようやく捜しだした女房だ、湯瀬直之進、仲よく冥土へ行け」

佐之助がだんと床を蹴った。音だけを残して、佐之助の姿がかき消えた。

直之進が気づいたときには、懐に入りこまれそうになっていた。

なんというすばやさだ。おそらくこのはやさでもって近づき、沼里で藤村円四郎たち三人を屠ったのだろう。三人とも刀を抜いていない死骸で見つかったが、おそらくこういうことだったのだ。

すでに刀を胴に振られており、この近さでは直之進にはよけるすべはないと思えた。

間に合わないと知りつつ、直之進は膝をくにゃりと曲げ、背を思いきりそらした。それしか手がなかった。

顎と鼻先を嵐のような風が通りすぎてゆく。耐えきれず、直之進は畳に背中から落ちた。

そこへ切っ先を返した刀が襲ってきた。行灯にぎらりと刃が光る。

直之進はあわてて畳を転がった。今いたところに刀が突き刺さった。

次々に刀が追ってくる。どしんと直之進は壁にぶつかった。

まずい。もう刀は落ちてきていた。直之進は両足で思いきり壁を蹴った。

水中を行く海老のように畳を滑る。

上半身を起きあがらせたが、そのときには刀が横に振られていた。首を刎ねられそうだったが、直之進は再び畳に倒れこむことでかわした。

またも切っ先がきらめいた。槍のように刀が落ちてきた。

直之進は腕力をつかって横へ跳び、それを避けた。

どしんと地響きのような音を立てて、刀が畳に突き刺さる。それがすばやく引き抜かれ、直之進を追ってきた。

直之進はうなりをあげて迫る刀を、頭を低くしてよけた。

またもや風がわき起こり、直之進は体が浮くような力に襲われた。うしろ頭の毛が何十本も切られたにちがいない。

ただし傷はまだどこにも負っていない。まさに紙一重でかわし続けている。

佐之助はまた刀を振るってきた。獣の獰猛さすら覚えさせる上段からの斬撃だ。

直之進はまだ立ちあがることすらできない。体をうしろにひねり、間合の外へ出るしか手立てがなかった。

ぴっと音がした。着物が破れた音だ。ついにやられた。脇腹に痛みが走る。血がどっと噴きだす場面を脳裏に思い浮かべたが、ありがたいことにそういうことにはならなかった。

直之進は頭に血がのぼるのを感じた。このままでは本当にやられるだけだ。なんとかして反撃に移らなければ。いまだに右手に木刀の名残を握り締めていた。

こいつをなんとかつかえないだろうか。

考えがまとまる前に、佐之助が刀を横へ払った。

直之進はうしろに下がった。膝をつかって、一気に立ちあがる。丸腰のままであるのは変わらないが、足が自由になったことで、ずいぶんと気持ちが楽になっている。

いや、そんなのは勘ちがいにすぎなかった。

佐之助が刀を振った。部屋にあるすべてのものを切り裂くようなすごい勢いだ。

直之進は横に動くことでかわした。すぐに蛇の頭のように動いた刀が追ってきた。

体をひねることで直之進は避けた。さらに逆胴がやってきた。

これも直之進は刃の下をぎりぎりでかいくぐった。

しかし、背中のあたりを刀はかすっていった。なんの痛みもないが、それは感じていないだけかもしれない。

そこに手を当てて確かめたかったが、そんなことをしているときはない。

舌なめずりをしたらしい佐之助が刀を再び落としてきた。

直之進は横に動いてかわしたが、それは佐之助の思惑通りの動きだったようだ。何度も同じ形でよけられて、佐之助もどうすれば直之進を屠れるか、考えたようだ。

上段から落とされた刀はおとりでしかなかった。直之進が動いたほうから、胴がやってきた。

直之進は畳を蹴って、頭から突っこんでゆくように体を宙に浮かした。刀が腹と足をかすめてゆく。

避けきったのか、わからなかった。だんと畳に足を着き、生きているのを知った。

おのれっ。佐之助が怒号を発し、袈裟斬りを見舞ってきた。

直之進はうしろに下がった。どんと背中が壁に当たる。

佐之助はそれを待っていたようだ。畳が震えるような強烈な足音とともに、姿が消えた。

またも懐に突っこんできていた。今度は突きだった。

直之進は体をよじった。脇腹に激痛が走る。刀は肉をこそげ取っていったようだ。

だが、致命傷などではない。まだ体は動く。動く限りは決して勝負を捨てることはない。

佐之助がいつしか動きをとめていた。暗い瞳でじっと見ている。

「きさま、何者だ」

いかにも不思議そうにきく。

「どのくらいこれまで修羅場をくぐってきたんだ」

直之進は答えない。目を動かすことなく、隣の間にいる千勢を捜した。

いた。柱にしがみつくようにしてこちらを見ている。

逃げろ、といいたかったが、千勢は俺を見捨てて逃げるような真似はしないだろう。

むしろ、戦いに加わりたいと思っているかもしれない。なにしろ目の前の男は、藤村円四郎の仇なのだから。

ふう、と佐之助が大きく息をついた。

「よし、お互い呼吸も少しは楽になっただろう。湯瀬、やるか」

ゆっくりと首を振る。

「しかしこんなにしぶとい男がこの世にいるとは……。いったいそのしぶとさはどこから出てくるんだ。生に対する執着か」

ちがう。命など俺にはさして関心はない。あるとするなら、勝負に対する執着だ。

剣では誰にも負けたくない。

直之進は、さっきやられたばかりの脇腹に手を当てた。ずきんとした。血がかなり出ている。

このまま戦い続けたら、この傷から血が流れだし、命はなくなる。それはつまり、この勝負に負けるということだ。

いくら丸腰とはいえ、それはいやだった。直之進は体に力をこめた。

「ほう、目の色が変わったな。なにか策でも思いついたのか」

策などない。どうすればこの局面を変えられるか、手立てはなにもない。あるのはただ、手のうちの木刀のみだ。

佐之助が刀を正眼に構えた。今度こそ逃がさぬ、という決意が瞳にこめられている。

佐之助の目が細められた。正眼から刀がやや寝かせられる。

どうする気だ。直之進としては見守るしかなかった。こちらから攻勢には出られないのだ。

どうりゃ。佐之助が気合を発し、突っこむ姿勢を見せた。

直之進はびくりと体を動かしかけた。しかし佐之助は突っこんでこなかった。

直之進としては間合をはずされた。

気持ちがたたらを踏んでいる。体が崩れたわけではなかったが、心は乱されていた。

だん、と畳を踏む強烈な音が耳を打った。

そのときには佐之助はいなかった。獲物に食らいつく蛇のように踏みこんできて、瞬時に懐に迫ってきていた。

刀が横から振られた。今度こそ駄目かと思ったが、右手の木刀が直之進を救ってくれた。

がしっ、と刀に当たってくれたのだ。佐之助の刀の勢いはさして落ちなかったが、はやさがやや鈍った。

体に食いこんだ木刀の痛みに声が出そうになったが嚙み殺し、直之進は木刀を握り直すや、佐之助に投げつけた。

佐之助は刀で楽々と払いのけたが、その隙に直之進は前に体を投げだし、ごろりと畳を転がった。

目の前に、恵太郎と呼ばれた男の死骸。手に刀を握っている。

直之進は恵太郎の手から刀をむしり取った。そして立ちあがった。

直之進に斬撃を浴びせようとしていた佐之助が立ちどまり、腰を落とした。刀を八双に構える。

「ほう、ついに真剣をつかうか」

直之進の手はぶるぶると震えている。手にしたはいいものの、本当につかえるものなのか、直之進には自信がなかった。

「なんだ、そんなので大丈夫か」

にやりと笑い捨てた佐之助が、直之進の気持ちが立ち直らないうちにと考えたか、ぐっと踏みだしてきた。思いきり刀を振ってくる。

どうする。直之進は焦りの汗がしたたり落ちるのを感じたが、腕が勝手に動いて、刀を弾きあげた。

佐之助は力まかせに刀を落としてきた。直之進はそれもはね返した。

やれる。喜びが直之進の胸をひたしたが、同時にすまぬ、という気持ちも浮きあがってきた。

佐之助はさらに刀を振るってきた。直之進は負けじと刀を弾きあげる。

その後も激しくやり合ったが、決着はつきそうになかった。

片手での袈裟斬りを振るったあと、佐之助がすっとうしろに下がった。膝を曲げ、腰をぐっと落とす。

直之進は正眼に構え、じっと見据えた。

杯に酒が注ぎこまれるように、気が佐之助の体に充満してゆく。

直之進は体を圧されるような感じになった。山津波に押し潰されるかのように、四方から部屋が迫ってくるような錯覚にとらわれた。

佐之助の体が大きくふくらんだように見えた。上から覆いかぶさってくるかのようだ。

　はっ、と佐之助が息を吐きだした。同時に畳を蹴る。佐之助の体が宙に浮いた。

　刀が天井ぎりぎりから振りおろされた。

　直之進は迎え撃とうとした。宙にいる佐之助はあまりに無防備に見えた。この斬撃を払い落とし、佐之助を襲えば、簡単にやっつけることができそうだ。

　しかし直之進はとどまった。肌のうちからわきあがるなにかが、やってはいけない、と告げていた。

　右にまわりこむようにして、直之進は佐之助との距離を取った。

　そのあいだに、佐之助は畳に音もなくおり立った。

「なにを狙っていた」

　直之進は思わずきいた。

　佐之助はあきれ顔をしている。そんな問いをぶつけてきたからか、それとも、獣としかいえないような生まれついての危機を感じ取る力を直之進が持っているからなのか。

「今日はここまでのようだな」

外の気配に耳を傾けている風情の佐之助が、刀をだらりと下げた。

「それまで、俺がなにを狙おうとしたか、楽しみに待っておくことだ。いいか、湯瀬直之進、恵太郎を殺したつけは必ず払わせてやる。覚えておけ」

冷たい視線を直之進に投げつけるようにすると、あっという間に体をひるがえした。襖を突き破るような勢いで走り去ってゆく。

佐之助の姿は見えなくなった。直之進は追えなかった。追う力など、もはや気持ちにも体にも残っていなかった。

「大丈夫ですか」

隣の部屋で息をひそめていた千勢が走り寄ってきた。

「怪我を負ってらっしゃいます」

「なんとかな」

「たいしたことはない」

「手当をします」

千勢は懐から取りだした手ぬぐいで、血どめをしてくれた。

「ご無事でなによりでした」

千勢がほっと息をつき、安堵の色を浮かべた。

「ああ、運がよかった」

「あなたさまの、決してあきらめない力もとても大きいと私は思います。それにしても、なぜ倉田佐之助は去ったのです」

「それか。すぐにわかる」

千勢は不思議そうな顔つきだ。

「千勢、助太刀をしようとは思わなかったのか」

「最初は思いましたが、私が割りこんだところで、あなたさまの邪魔になるのがわかりましたから」

「そうか。俺は千勢が今にも飛びこんでくるのでは、とひやひやしていた」

どやどやと庭のほうから人の気配がした。

「なんでしょう」

千勢がそちらを見る。

「番所の捕り手だろう。来てくれるよう、頼んでおいたんだ」

まずはじめに姿を見せたのは、中間の珠吉だった。

「おう、湯瀬さん」

畳の上の死骸に目をとめる。目をあけたままの横顔をじっと見た。

ぽつりとつぶやく。

「こいつは——」

「知っているのか」

「ええ、多分まちがいないと思います」

富士太郎がやってきた。

「ああ、直之進さん。知らせをもらって駆けつけましたよ」

「ありがとう。助かった」

「旦那、こいつを見てください」

死骸の前にかがみこんだ珠吉が、恵太郎の顔をよく見えるように持ちあげた。

「おや、こいつは料亭滝沢にいた男じゃないかい」

富士太郎が直之進を見た。

「直之進さんがこの男を？」

「ああ、殺すつもりはなかったが、木刀がここに当たってしまった」

直之進は苦い顔で自らの首筋を叩いた。

「そうですか。でも直之進さん、真剣を持っていますね。やはりつかえるんですね」

直之進ははっとして見た。そっと放る。刀は畳をわずかに転がってとまった。

「富士太郎さんは、どうしてこいつのことを知っているんだ」

富士太郎が穏やかな笑みを漏らした。

「そいつは落ち着いたらお話ししますよ」

そういってまわりを見渡す。

「賊はこいつだけですか」

「もう一人いたが、取り逃がした」

「そうですか。そいつは残念ですね」

富士太郎がようやく千勢に気づいた。

「ご内儀ですか」

「そうだ」

直之進は二人に紹介した。

千勢が名乗り、お辞儀をした。珠吉は、お初にお目にかかります、といっててい ねいに頭を下げたが、富士太郎はどこか悲しそうな顔をしている。

「沼里にご一緒に戻るのですか」

直之進にきいてきた。

「いや、戻らん」

「えっ、そうなんですか」

富士太郎が喜色をあらわにする。

「いやあ、よかった。それがし、とても心配していたんですよ」

「そんなに喜んでもらうようなことではないさ」

「とんでもない。まさに狂喜乱舞、欣喜雀躍ですよ」

そんな富士太郎を、千勢がまつげを伏せるようにして眺めている。

くそっ、しくじった。佐之助は走りながら思った。恵太郎のいう通りだった。こんなときに、ほかの男の始末をつけになど行かねばよかったのだ。

俺がはなからあそこにいれば、恵太郎を死なせるようなことはなかった。

すまん、晴奈。約束を守れなかった。

いや、犯罪の道に恵太郎が踏みこんだとき、すでに守れていなかったのかもしれない。

恵太郎を守るとの名目で、自分も殺し屋をはじめたが、それがそもそもの誤りではなかったか。

佐之助は足をゆるめた。いつからか雨が降りはじめていた。それが急に雨脚が強まってきた。

ほてった体にはむしろありがたい。

佐之助は立ちどまり、空を見あげた。

真っ黒な空から、次から次へ筋を引いたような水の粒が落ちてくる。

くそっ。降りしきる雨のなかに拳を突きだした。ぴしっという音を響かせて、雨粒が飛び散る。

恵太郎の死にざまが脳裏をかすめた。いや、刻まれたように深く残っている。

夜空が幕となり、恵太郎の笑顔が一杯に広がった。

あの、俺だけに見せる人なつこい笑み。あれをもう見ることは二度とない。あいつと酒を酌みかわす機会も永久に訪れないのだ。

佐之助はこれ以上ないしくじりを犯したことを知った。失ったもののあまりの大きさに愕然とする思いだった。

この思いを晴らすには。

佐之助はぎらりと瞳を光らせた。

湯瀬直之進をこの世から消す以外に手立てはない。

殺す、湯瀬直之進。必ず殺してやるぞ。

七

傷は堅順のところへ行き、診てもらった。

「たいしたことはないな。しばらくは安静にしていないといけないが、これで命に関わるようなことはまずないから、心配せずともいいよ」

しっかりと毒消しをし、その上で膏薬を塗り、晒しを巻いてくれた。

その手当を受けただけで、直之進は体が軽くなったのを覚えた。堅順は名医だ。

その足で直之進は千勢を連れて米田屋に戻った。そしてどんなことがあったか、光右衛門とおきく、おれんに伝えた。

光右衛門はほうと大きく息をついたあと、にんまりと笑った。

「さすがに湯瀬さまですなあ、そこまでされて命を失わないなど」

「おぬしとずっと一緒にいて、しぶとさが移ったのさ」

二人の娘はただ心配してくれた。

「ご無事でよかった」

おきくとおれんは大粒の涙を流している。

「泣かんでくれ。泣かれると、ひどく悪いことをした気分になる」

直之進は冗談めかしていったが、二人の娘はひたすら泣き続けた。

二人が泣きやむのを待って、直之進は千勢を紹介した。

「千勢と申します。よろしくお願い申しあげます」

「こちらこそ」

光右衛門が頭を下げ、おきくとおれんもそれにならった。

「千勢さまは、これからどうされるのです」

光右衛門がたずねる。

「沼里に戻られるので？」

「その気はありません」

千勢はあっさりといった。

「まだ仇討がすんでおりませんから」

「仇討ですか」

光右衛門が意外そうにきく。

そのあたりの事情を、口ごもった千勢に代わって直之進は語った。

「そうですか。千勢さまが江戸に出てこられたのは、その藤村さまの仇討……」

光右衛門がしみじみとした口調でいった。

「円四郎さまの仇を討たないと、江戸にわざわざやってきた意味がありませんから」

「俺が討つのでは駄目か」

「あなたさまには助太刀をしていただきたいと思っています。でも、最後のとどめは私にやらせていただきたいのです」

「俺は助太刀か」

「おいやですか」

「いやもなにも、あの恵太郎という男を殺したことであの男は俺を狙ってくるだろう。やるしかない」

殺した、という言葉をきいて、おきくとおれんがさっと顔色を青ざめさせた。

さっき説明したときは、ここまで生々しくいっていなかった。直之進は真剣な顔をつくり、こんどはつまびらかにどういうことがあったかを話した。

「そうですか。そんなことが」

光右衛門がため息をつくようにいう。二人の娘の顔もかたい。

「人を殺した男はいやか」

直之進が穏やかにきくと、三人は顔をさっとあげた。

「いえ、そんな」

おきくがあわてて答えた。

「そうなってしまったのは、致し方ないことでしょう。その男も運がなかったのです。私たちはむしろ、人を殺《あや》めてしまった湯瀬さまを案じたのです」

横で光右衛門とおれんもうなずいている。

「そうか、ありがとう」

自然に頭が下がった。

その夜、直之進と千勢は米田屋に泊まった。むろん、部屋は別々だ。

ひょっとして忍んでくるのでは、と直之進はなかなか寝つけなかった。

結局そんな気配は微塵もなく、夜は白々と明けた。

翌日、直之進は寝不足気味だった。千勢もそうかと思ったが、ぐっすりと眠ったらしく、晴れやかな顔をしていた。

朝餉が終わったあと、直之進は井戸端で千勢と一緒になった。

「本当にこれからどうするんだ」

「これまで通り料理屋につとめ、あの男を捜します」

「一人では危なくないか。やつが襲ってくるかもしれん」

「そうですけど、あなたさまと一緒に暮らすわけにはいきませんし」

直之進としてはかまわなかったが、千勢にその気がない以上、望んでも仕方がないことだった。

「でも、あなたさま」

「なんだ」

「刀をつかう姿を見せていただいて、私、とてもうれしかった」

どうして直之進が刀をつかえなくなったか、千勢は理由を知らないが、とにかく喜びに満ちた笑みを見せてくれた。

その顔を見て、直之進もよかった、としみじみと思った。

千勢がすっと笑みをおさめる。なにかためらうような表情をしていたが、思いを決めたように口をひらいた。

「私、あなたのもとに嫁いだとき、一生一緒にすごせると思っていました。でも、それはまちがいでした。幸せは幸せでしたけど。私は、自分の気持ちをごまかすことなどできませんでした。ですから、もう二度と元の鞘におさまることはないでしょう」

そういわれて、直之進は返す言葉がなかった。

今でも、自分のなかで千勢を失いたくない気持ちは強いのかもしれないが、千勢の気持ちは俺からすでに離れている。

もう二度と引き戻すことはできない。

それでよい、と直之進は思った。それも一度きりの人生だろう。

それにしてもやはり気がかりは、あの倉田佐之助のことだ。やつは俺だけでなく、千勢もまちがいなく狙うだろう。

できる限り俺が守ってやろう、と直之進は千勢を見つめて決意した。

「やられましたね」

珠吉が無念そうにいう。

「ああ、先を越されたね」

富士太郎は目の前に転がっている死骸を見つめた。

「無念そうな顔をしているね」

「ええ、まったくで」

低いところから射しこむ朝日を浴びて、親分の匠兵衛が突っ伏している。胸を一突きにされたようで、体のかたわらに色のちがう土ができている。

「口封じだね」

「まちがいないでしょう。殺ったのは、湯瀬さまとやり合った殺し屋でしょうね」

「そうだね。この親分は殺し屋を頼んで、一の子分である芳蔵を殺させたんだね」

直之進によって殺された恵太郎を料亭の滝沢で見かけたあと、富士太郎と珠吉は、匠兵衛の周辺を徹底して調べた。

それで、匠兵衛が芳蔵に一家を乗っ取られるのでは、という危惧を抱いていたのを知ったのだ。

やはり芳蔵と女を心中に見せかけたのは、殺し屋の仕業ではないか、ということで富士太郎たちの意見は一致した。

じき匠兵衛をしょっ引く算段をととのえていたところに、この惨劇が起きたのだ。

「動きを知られていたんですかね」

「かもしれないねえ」

　富士太郎は首を振った。

「残念だね」

「旦那、下を向いてちゃいられませんよ。殺し屋の顔も名もわかっているんだ。必ずつかまえられますよ」

「そうだね」

　昨夜のうちに、富士太郎から矢立を借りた千勢が人相書を書いてくれたのだ。

「でも、おいらたちが先に倉田佐之助をつかまえてしまったら、直之進さんたちはどうするのかな」

「そうですね。仇を討つというのは無理になりますからね。きっとやつを獄門台に送れば、それでいいんじゃないですか」

「そうだね。でもあとで直之進さんに確かめておいたほうがいいね」

八

「いろいろとたいへんだったようだな」

徳左衛門がぱちりと駒を動かした。

「ええ、まあ」

徳左衛門の住む一軒家の南側にある座敷は、とても風通しがよく、今も秋らしい涼やかな風が吹き通ってゆく。庭の梢もさらさらと音を立てており、いかにも秋が深まりつつあるのを直之進に実感させた。

「なにがあった」

直之進は話せることはすべて話した。

「そうか、殺し屋は逃がしたか」

「いずれ戦わざるを得ないのはわかっています。そのときは、必ず返り討ちにしてやりますよ」

「ふむ、自信を持つのはいいことだ」

直之進は銀を斜めに動かした。

「ほう、そこにきたか」

徳左衛門が顎をなでさすった。

「相変わらず手強いのう。では、わしはこれで対抗しよう」

徳左衛門が金を動かした。

直之進は盤面をにらみつけた。顔をしかめる。

「どうした、傷が痛むのか。湯瀬どの、無理をすることはないぞ。今日はやめにしてもよい」

佐之助と戦ってから、すでに四日がたっている。傷はだいぶよくなってきた。

「いえ、大丈夫です。たいしたことはありませんから」

「そうか。でも、膏薬のにおいがずいぶんときついぞ」

「今日も先生にたっぷり塗ってもらいましたからね」

徳左衛門が柔和な笑みを見せる。

「おぬし、傷の治りははやそうだな」

「ええ、子供の頃からそうですね」

「うらやましい。わしなどもう歳だから、いつまでたっても治らんわ」

直之進はもう一枚の銀を動かした。

それを見た徳左衛門が考えこむ。顎をなでさする。額から汗がしたたり落ちた。

「暑いですか」

「いや、今日はちょっとむしむししている感じだ」

徳左衛門が汗を手の甲でぬぐう。

直之進はちらりと徳左衛門を見た。

さわやかな風が吹いているのに暑いとは。確かに、顔色が少し悪いようだ。大丈夫なのだろうか、と直之進は少し心配だった。

「そういえば死骸は獄門にされるそうだな」

盤面を見つめたまま徳左衛門がいう。

「ああ、恵太郎のことですね」

そうなのだ。すでに死骸だからといって、公儀に容赦はない。首を切られ、さらされることになる。

倉田佐之助は見に行くのだろうか、と直之進は考えた。きっとそうなのだろう。

「あの、なよっとしている町方同心も、喜んだのではないのか」

「樺山どのですね。ええ、前の事件の首謀者である恵太郎を死骸とはいえ、とらえたことをとても喜んでましたよ」

前の事件というのは、五人の子供がかどわかされた一件のことだ。恵太郎が裏で糸を引いていたことがわかったのだ。

そう判明したのは、おあきの夫である甚八の言葉がきっかけだった。

恵太郎という男はいんちき祈禱師の寿元と知り合いで、二人が会っているのを何度か見かけたことがある、といったのだ。

そのことを念頭に富士太郎が調べた結果、事件当時、料亭滝沢で寿元と恵太郎が何度も会っていたのがはっきりしたのだ。

その後、将棋は白熱した。

「いやあ、やっぱり湯瀬どのとやるのが一番楽しいな」

徳左衛門がいかにもうれしげに口にする。直之進も同感だった。

「しかし、琢ノ介にはそのことをいわないでください。あの男、拗ねますから」

「琢ノ介どのとやるのも楽しいがな。必ず金になるゆえ」

ときがたつのははやく、いつしか夕闇がおりはじめていた。部屋も暗くなりつつあり、徳左衛門が行灯に火を入れた。

盤面がぱっと見やすくなった。

徳左衛門の顔にはやはり汗が一杯だ。それをぐいとぬぐった。

「ちょっと喉が渇いたな。お茶でもいれてこよう」

徳左衛門が角で王手をして、立ちあがる。

「遠見の角に好手あり、と申してな」

にやりと笑って台所のほうに去っていった。

直之進は考えこんだ。将棋のことではなかった。この勝負はやや形勢不利といえたが、まだ挽回の余地は十分にある。

気にかかっているのは徳左衛門のことだ。

どうしたのか、と思う。あれだけ汗をかいている徳左衛門など、はじめて見た。

なにかあったのだろうか。それとも心配ごとでもあるのだろうか。

直之進は将棋に集中することにした。今ここで考えても仕方がないことだ。悩みなど、誰にでもある。

遠見の角か、と思った。確かに厄介だ。とにかく受けづらいのだ。

一瞬だが、直之進は鋭い視線を背中に感じた。はっとする。

遠見の角。まさにこの通りなのではないのか。台所に行ったと見せかけて――。

そう思った瞬間、直之進はなにも考えずに身を前に投げだしていた。

背後から強烈な斬撃。背中ぎりぎりを刃がかすめてゆく。

直之進は、床の間の刀架にかけてある木刀に飛びついた。すでに次の斬撃がやってきていた。

直之進は体をひねりざま木刀をかまえ、浴びせられた刀をがしんと弾き返した。

刀が上にはねあがり、大きく隙の見えた胴に木刀を打ちこんだ。

これを徳左衛門はかわしたが、この動きを直之進は予期していた。

足の運びで徳左衛門の逃げ場を封じるようにしてから、逆胴を狙った。

徳左衛門は刀をまわしてきたが、それがややおくれた。

脇腹には入らなかったが、木刀は徳左衛門の左腕を痛烈に打った。

徳左衛門はぐむう、という声を漏らしたが、うしろに大きく跳びすさり、木刀をさらに振るおうとした直之進から距離を取った。

お互い、すでに間合からははずれている。

直之進は、呆然として徳左衛門を見やった。なぜこのようなことを、と問おうとしたが、言葉は飲みこんだ。

理由はあまりにはっきりしている。

徳左衛門は刺客だ。それは疑いようがない。

徳左衛門は顔をしかめている。左腕は折れたようで、右腕一本で刀を握っている。

その瞳には闘志がぎらぎらと宿っている。まだやる気でいる。

直之進にしてみれば、望むところだった。とらえ、誰に頼まれたか吐かせる。

直之進は木刀の剣尖をわずかにあげ、踏みこもうとした。

徳左衛門がいきなり身をひるがえした。走りだす。

あっけにとられたが、直之進に逃がすつもりはなかった。すぐさま追いかけた。

徳左衛門が家を出る。直之進は続いた。

これならつかまえられる、と踏んだが、徳左衛門は意外に足がはやかった。しかもすでに日が暮れてきており、あたりには闇が立ちこめつつあった。

三町ほど追いかけたが、徳左衛門がせまい路地に入り、そこからさらに一軒家の生垣を飛び越えて建物の脇を走り抜けたところで、ついに姿を見失った。汗も一杯だ。

くそっ。佐之助から受けた傷が痛み、直之進は毒づいた。息が荒い。

一軒家の者が騒ぎに驚いている気配がなかから伝わってきた。泥棒でも入りこんできたんじゃないか、自身番に行こうか、と家族が話し合っているのがきこえる。

仮に番所の者を呼ばれたところでどうということもなかったが、面倒は避けたほうがいいだろう、と直之進はさっさと生垣を越え、路地に出た。

木刀を腰に差し、歩きだす。

徳左衛門はいったい誰に雇われたのか。誰が送りこんできたのか。

やはり宮田彦兵衛と対立する派閥の者だろうか。

となると、と直之進は思った。一度は沼里に戻らねばならないのか。

提灯も持たずに歩く道は暗かった。

直之進は、目の前に横たわる深い暗黒をのぞきこんだような気がした。暗黒に続く道が今大きく口をあけ、自分を飲みこもうとしている。

思わず下を向きそうになった。

くそっ。また傷が痛んだ。

提灯が近づいてきた。それには、米田屋と文字が入っている。

直之進は立ちどまった。

「こんばんは」

弾んだ声をかけてきたのが誰かすぐにわかった。

「ああ、おきくちゃんか」

おきくは瞳を輝かせている。手ぬぐいを持っていた。

「湯屋の帰りか」

「はい、とてもいいお湯でした」

「一人なのか」

「ええ。おれんちゃんがおとっつあんを見てくれています」

「そうか」

「湯瀬さまはどうしてここに」

「いや、ちょっとな」

ふと風が流れてゆき、直之進はいいにおいを嗅いだ。湯あがりのにおいではない。

「これは……」

直之進は思わずおきくに顔を寄せた。おきくが恥ずかしそうに身を縮める。

「ああ、すまん」

「いえ」

おきくが懐に手を入れる。取りだされたのは匂い袋だった。

「においの正体はそれか」

「昨日、買ったんです」

おきくはじっと直之進を見ている。

千勢の持っているものとはにおいがちがったが、これもとてもいい香りがしている。おきくによく似合うにおいだ。

どうしておきくが匂い袋を買ったのか、その理由はいくら自分が鈍いからといっても、見当はつく。

おきくの気持ちはありがたかった。とにかく自分を好いてくれている者がいる、という思いは直之進に力を与えた。

直之進は昂然と顔をあげた。先ほどまで見えていた暗黒は消え去っている。

俺は決して負けぬ。

この作品は双葉文庫のために書き下ろされました。

双葉文庫

す-08-02

口入屋用心棒《くちいれやようじんぼう》

匂《にお》い袋《ぶくろ》の宵《よい》

2005年10月20日　第１刷発行
2024年 1月22日　第27刷発行

【著者】
鈴木英治《すずきえいじ》

【発行者】
箕浦克史
【発行所】
株式会社双葉社
〒162-8540 東京都新宿区東五軒町3番28号
［電話］03-5261-4818（営業部）　03-5261-4868（編集部）
www.futabasha.co.jp（双葉社の書籍・コミックが買えます）
【印刷所】
株式会社新藤慶昌堂
【製本所】
株式会社若林製本工場
【カバー印刷】
株式会社久栄社
【フォーマット・デザイン】
日下潤一

ISBN978-4-575-66220-7 C0193
Printed in Japan

井川香四郎

洗い屋十兵衛　江戸日和

恋しのぶ

長編時代小説〈書き下ろし〉

辛い過去を消したい男と女にも、明日を生きる道は必ずある。我が子への想いを胸に秘めて島抜けした男の覚悟と哀切。シリーズ第二弾。

佐伯泰英

居眠り磐音《いわね》　江戸双紙

夏燕《なつつばめ》ノ道

長編時代小説〈書き下ろし〉

両替商今津屋の老分番頭由蔵らと日光社参に随行することになった磐音だが、出立を前に思わぬ事態が出来する。好評シリーズ第十四弾。

坂岡真

照れ降れ長屋風聞帖

遠雷《えんらい》雨燕《あまつばめ》

長編時代小説〈書き下ろし〉

孝行者に奉行所から贈られる「青緡五貫文」。そのために遊女にされた女が心中を図る。裏には町役の企みが。三左衛門の小太刀が悪を断つ。

鈴木英治

口入屋用心棒

逃げ水の坂

長編時代小説〈書き下ろし〉

仔細あって木刀しか遣わない浪人、湯瀬直之進は、江戸小日向の口入屋・米田屋光右衛門の用心棒として雇われる。

高橋三千綱

右京之介助太刀始末

お江戸の若様

晴朗長編時代小説

五年ぶりに江戸に戻った右京之介、放浪先での事件が発端で越前北浜藩の抜け荷に絡む事件に巻き込まれる。飄々とした若様の奇策とは?!

千野隆司

主税助《ちからのすけ》捕物暦

天狗斬り

長編時代小説〈書き下ろし〉

島送りのため罪人を乗せた唐丸駕籠が何者かに襲われ、捕縛に向かう主税助の前に、本所の大天狗と怖れられる浪人の姿が……。

築山桂

甲次郎浪華始末

雨宿り恋情《こいなさけ》

長編時代小説〈書き下ろし〉

同心殺しを追う丹羽祥吾に手を貸す若狭屋甲次郎。事件は若狭屋の信乃まで巻き込んでしまう。好評シリーズ第三弾。